LOU ANDREAS-SALOMÉ

L'école de la vie

LOU ANDREAS-SALOMÉ

L'école de la vie

T EXTES CHOISIS ET PRÉSENTÉS
PAR É LISABETH B ARILLÉ

Éditions Points

CE LIVRE EST PUBLIÉ DANS LA COLLECTION
« POINTS SAGESSES », SÉRIE « VOIX SPIRITUELLES »

ISBN 978-2-7578-1469-7

Préface

On n'a qu'une vie, tout le monde s'entend là-dessus, mais combien sont capables de regarder cette vérité en face pour l'investir, sous l'éclat du courage, de l'éveil, de la chance, la seule chance offerte à chacun, pour une fois, une fois seulement ? On n'a qu'une vie, c'est l'évidence ; il n'empêche, il faut de la vaillance pour maintenir la pulsion de vie dans son camp, il faut aussi beaucoup d'entêtement, pour lancer « moi d'abord ! » en toutes circonstances. Cela ne va jamais sans dureté. Sans égoïsme. Sans aveuglement. De tout cela, Lou Andreas-Salomé, née à Saint-Pétersbourg en février 1861, fut prodigieusement dotée. *Ma vie*, c'est d'ailleurs sous ce titre qu'elle vint à moi, sous la couverture rouge des Presses Universitaires de France. Titre trompeur car ces mémoires tardives dressaient, autour de souvenirs soigneusement triés par une grande dame résolue, à l'hiver de sa vie, à garder ses secrets sous scellés, une citadelle d'oublis volontaires. Je l'ignorais, et qu'importe. Au-delà des verrous caracolait le fougueux manifeste d'une cérébrale douée pour le bonheur. Fascinante équation.

Je me revois à dix-sept ans, mortellement sérieuse, cherchant, dans l'austérité féconde des librairies et des bibliothèques, des modèles pour éviter les pièges tendus depuis la nuit des temps aux femmes, cherchant ma voie sur la voix des rebelles qui, à la maternité, à la conjugalité, au nécessaire don de soi, avaient su dire non. Résister contre pour exister. Simone Weil me bouleverse, Simone de Beauvoir m'en impose, Colette Peignot me trouble. Lou, plus simplement, m'encourage à ne pas avoir peur. Oser être soi-même, persévérer dans son être, suivre cette boussole intérieure où s'allient conscience et confiance. De confiance, la jeune Russe n'en manque pas. « Je ne peux conformer ma vie à des modèles, ni ne pourrai jamais constituer un modèle pour qui que ce soit ; mais il est tout à fait certain que je dirigerai ma vie selon ce que je suis. Advienne que pourra[1] », écrit-elle à Hendrik Gillot, son ancien précepteur à Saint-Pétersbourg. Lou vient de fêter ses vingt et un ans. L'âge des fanfaronnades peut être aussi celui des défis d'acier. Ils protégeront l'audacieuse des enclos où son siècle et son milieu entendent parquer les femmes. Au diable, l'abnégation, la modestie, la sagesse ! Elle le sait, le sent, le devine : une vie ne vaut que dans la mesure où on la risque. Et quoi de plus risqué que de s'offrir au démonisme des expériences et des rencontres ? L'intelligence fonctionne à plein régime sous l'impulsion du désir. Lou croit donc à l'irrésistible, à l'irraisonné, aux rencontres

1. *Ma vie*, traduit de l'allemand par Dominique Miermont et Brigitte Vergne, Paris, PUF, 2001, p. 78.

fatales qui dévient le cours rigide des vies, et qu'un ordre commande, celui du péril, et tout autant de la chance, me disais-je, l'enviant d'avoir partagé le même siècle que Nietzsche, Rilke, Freud, d'avoir fait route commune et laissé son empreinte, comme disciple, amante et amie. Ne la distinguant singulière qu'à la lumière de ces trois sentinelles. Je n'étais pas la seule, alors. Lou, longtemps, ne fut que cela pour ses premiers lecteurs : une Sibylle à la croisée de la philosophie, de la poésie, de la psychanalyse, une intrépide dont l'aventureux destin, soutenu par un narcissisme salutaire, semblait ne faire sens que dans le sillage des hommes qui l'avaient traversé. Les femmes qui pensent sont-elles si dangereuses ? Vieille histoire, que cette éclaireuse semblait étrangement reconduire de son plein gré. Le texte maintes fois remanié de *Ma vie* s'articule en effet autour de ces trois pôles. Hommage oblige, dira-t-on. J'y vois moi la tactique prudente d'une femme d'un autre siècle. Que sont ces trois « commandeurs » sinon une parade derrière laquelle cette frondeuse – qui s'avoue moins fidèle aux hommes qu'aux souvenirs, mais qui, en chaque homme, pourtant, voit un frère, un égal – pousse les jalons d'une pensée qui n'appartient qu'à elle ? J'avance masqué, disait déjà Descartes. Jeu de stratège qu'engage tout artiste dès lors qu'il entend survivre à une époque hostile au libre exercice des élans, des idées et des sexes.

Le masque attaché au premier livre, *Combat pour Dieu*, publié en 1885, tient davantage au souci de moralité où le XIXe siècle assigne les filles de famille, jusqu'aux plus rebelles. George Sand était née Aurore Dupin. La fille chérie de feu Gustave von Salomé, contrôleur en chef dans les services de l'inspection de l'armée du tsar, devient l'écrivain Henri Lou, pseudo-transparent pour qui connaît sa banale et malheureuse histoire avec son ancien précepteur. L'allégeance s'arrête là. La jeune frondeuse qui, trois ans plus tôt, à Rome, avait fondé une trinité intellectuelle avec deux libres-penseurs à peine plus âgés qu'elle, n'a pas oublié ses conversations « diaboliques » avec Paul Rée et Friedrich Nietzsche. On peut lire *Combat pour Dieu* comme une entreprise de démolition du premier cocon protecteur. À vingt-quatre ans, Lou croit en avoir fini avec le divin. En vérité, cette destruction vient de poser le premier jalon de sa quête… Pourquoi écrit-on ? Pour déloger la vieille épine plantée par une inquiétude, un manque, un abandon, une mort. L'épine de Lou s'appelle Dieu, épine qu'elle reconnaît immanquablement chez les autres. « Ce qui m'a pourtant le plus attirée chez les êtres – les morts comme les vivants – c'est […] qu'ils avaient beau s'exprimer avec une retenue toute philosophique, on voyait bien que Dieu avait été leur première et ultime expérience[1] », avoue-t-elle dans *Ma vie*. Mais ses livres, loin de chasser l'épine de sa pensée, vont l'enfoncer davantage, jusqu'au point de non-retour où l'orgueilleuse raison dépose les armes face au mystère. En 1921, soit trente-six ans après ses débuts d'écrivain, l'analyste qu'elle est devenue livre cette conclusion subtile : « On ne congédie pas Dieu, on lui est reconnaissant dans la vivacité de la vie

---

1. *Ma vie, op. cit.*, p. 21.

que lui seul jadis parvenait à représenter vraiment. En réveillant ainsi la vie, il abolit pour ainsi dire sa nécessité[1]. » Ni béquille, ni garde-fou, le Dieu de Lou, allégé de ses attributs fantaisistes, de ses dogmes autoritaires, s'impose « comme l'explosion même de la confiance en la vie ».

Libérons Lou de ses légendaires mentors ! Cette femme de tête n'eut qu'un maître véritable : la vie. Vivre, tel fut, pour elle, le seul précis de Sagesse, l'unique Évangile. Si Lou a tant à nous apprendre, ce n'est pas tant d'avoir fait de sa présence sur terre une promesse tenue – cette chance, tout le monde ne l'a pas – mais parce que sa vie fut l'incessante moisson de la pulsion vitale, pulsion qu'elle reçut au berceau comme un don des fées, qu'elle aiguisa au dionysiaque contact de Nietzsche, pour l'opposer, comme floraison créatrice, aux angoisses mortifères de Rilke, tant aimé, mais si mal.

La voie freudienne sera l'aventure ultime et attendue. L'inconscient n'est pas une découverte, mais la confirmation des tout premiers souvenirs. « Ma vie attendait la psychanalyse depuis que je suis sortie de l'enfance[2]. » Les longues lettres adressées à Rilke pour l'aider à voir plus clair dans son angoisse témoignent, dès 1901, d'une connaissance intuitive des mécanismes de névrose et de transfert. Contre toute attente, sa réception émerveillée

1. *L'Amour du narcissisme*, traduit de l'allemand par Isabelle Hildenbrand, Paris, Gallimard, 1980, p. 60.
2. Cité par Stéphane Michaud dans *Lou Andreas-Salomé, L'alliée de la vie*, Paris, Seuil, 2000, p. 232.

aux positions les plus dérangeantes de Freud et la tendre admiration qu'elle voue à ce dernier n'aliènent en rien son indépendance. La disciple n'est pas une endoctrinée. Si Freud défend l'obscur, le fragmentaire, Lou entend mettre la psychanalyse au service de l'Unité originelle dont procède toute vie, et vers laquelle toute vie repart. Désormais, dans sa pratique analytique, sa vie quotidienne, comme dans ses derniers carnets, Lou n'aura de cesse de conquérir la plénitude de l'être établi dans la joie, c'est-à-dire, pour paraphraser Bergson, dans « l'étonnement d'être ». Cela n'ira pas sans embûches, mais le découragement de mener un combat perdu d'avance cède devant la certitude que l'âge – dès lors qu'on refuse à le considérer comme une déchéance, mais au contraire comme une autre porte d'accès au vivant – finit par devenir une expérience « incroyablement belle à vivre ». « On devient plus léger, je pense, et on finit ainsi tout simplement par s'envoler[1] », écrit-elle à Anna Freud, alors que la gêne financière et une santé chancelante l'assignent désormais aux voyages immobiles.

Janvier 1933 : dans sa maison de Göttingen dont elle ne sort plus guère, Lou est en train de rédiger ses mémoires quand Hitler devient chancelier du Reich. Cinq mois plus tard, un 10 mai, les œuvres de Freud et d'autres psychanalystes sont brûlées sur la place de l'Opéra de Berlin aux cris de « À bas l'hégémonie de

---

1. Lou Andreas-Salomé, Anna Freud, *À l'ombre du père, correspondance*, préfacé par et traduit de l'allemand par Stéphane Michaud, Paris, Librairie Arthème Fayard, 2006, p. 442.

la vie pulsionnelle et son matérialisme ravageur ! » Le même jour, à Göttingen, le recteur de l'université préside au même autodafé. Face à l'horreur, Lou s'impose le plus coûteux des deuils pour un écrivain : ne plus publier. Elle tiendra promesse. Dès qu'elle disparaît, en février 1937, Ernst Pfeiffer, confident des dernières années nommé par elle exécuteur testamentaire, devient l'ombrageux gardien d'un temple sur lequel elle avait posé le premier loquet. Il faudra quelques décennies, et le travail de quelques biographes, pour restituer la femme dans ses paradoxes et l'œuvre dans son intégrité.

Disons-le d'entrée de jeu, ses écrits, tels qu'ils nous parviennent, traduits de l'allemand, ne sont pas sans maladresses ni lourdeurs. Le souci de profondeur, l'ambition vitaliste, la quête incessante d'une unité primordiale à retrouver sous chaque chose, passent avant l'obligation de clarté. Lou reprend à son compte la belle formule d'Aragon : écrire est sa méthode de pensée, chaque texte sert de piste d'entraînement. Suivre le méandreux parcours de ses phrases, c'est vivre l'aventure d'une pensée ayant la folle ambition de synthétiser les mystères du vivant ! Freud s'y perdra lui-même. « Sur certains points, je ne vous suis que par intuition[1] », avoue-t-il. Ce qui ne l'empêchera pas de saluer ce talent de « sa compreneuse » d'aller au-delà de ce qui est dit ou montré. Un talent servi par le charme des métaphores inventives, puisées dans la nature et le

1. *Correspondance avec Sigmund Freud*, suivi de *Journal d'une année* (1912-1913), Paris, Gallimard, 1970, p 89.

quotidien. Si Lou excelle à traduire en termes imagés et simples les rapports entre l'érotisme et la religion, l'amour et l'art, ses textes, pour qui s'y plonge pour la première fois, ont une densité de forêts sauvages refusant l'élagage ! Pourquoi ne pas le reconnaître, je m'y suis parfois égarée, m'en prenant à l'auteur, au traducteur, à mon indigent cerveau ; mais je persévérais, sachant qu'au détour d'une métaphore, apparaîtrait la clairière étincelante de l'idée !

Sur l'amour et l'art, la femme et le divin, la psychanalyse et la création, la vie et la mort, les positions singulières de Lou Andreas-Salomé valaient une anthologie. La voici enfin.

Paris, le 17 novembre 2009

Note sur la présente édition

Les textes reproduits sont extraits des ouvrages suivants :

Lou Andreas-Salomé, *L'Amour du narcissisme*, traduit de l'allemand par Isabelle Hildenbrand, Paris, Gallimard, 1980.
— *Carnets intimes des dernières années*, édition de Jacques Le Rider et Ernst Pfeiffer, Paris, Hachette Littératures, 1983.
— *Éros*, traduit de l'allemand par Henri Plard, Paris, Minuit, 1984.
— *Lettre ouverte à Freud*, traduit de l'allemand par Dominique Miermont, Paris, Seuil, « Points Essais » n° 187, 1987.
— *En Russie avec Rilke*, traduit de l'allemand par Stéphane Michaud, Paris, Seuil, 1992.
— *Ma vie*, traduit de l'allemand par Dominique Miermont et Brigitte Vergne, Paris, PUF, 2001.
Rainer Maria Rilke et Lou Andreas-Salomé, *Correspondance*, traduit de l'allemand par Philippe Jaccottet, Paris, Gallimard, 1985.

Friedrich Nietzsche, Paul Rée, Lou Andreas-Salomé, *Correspondance*, édition de Ernst Pfeiffer, traduit de l'allemand par Ole Hansen-Love et Jean Lacoste, Paris, Presses universitaires de France, 2001.

Lou Andreas-Salomé, Anna Freud, *À l'ombre du père, correspondance*, préfacé par et traduit de l'allemand par Stéphane Michaud, Paris, Librairie Arthème Fayard, 2006.

Du Bon Dieu au divin

« *Notre première expérience est celle d'une disparition. Un instant auparavant, nous étions un tout indivisible, tout Être était inséparable de nous, et voilà que
nous avons été projetés dans la naissance et que nous
sommes devenus un fragment de cet Être. [...] Le premier souvenir est à la fois un choc, une déception due
à la perte de ce qui n'est plus, et l'élément indéfinissable d'un savoir encore à l'œuvre, d'une certitude que
cela "devrait exister encore...*[1]". C'est en ces termes
que Lou Andreas-Salomé ouvre ses mémoires, sous un
titre radical : L'Expérience de Dieu. *Manière pour
elle, à soixante et onze ans, d'effacer une bonne fois
pour toutes les malentendus. De sa vie tumultueuse,
Dieu fut la première aventure, mais surtout la plus
durable, le discret fil d'Ariane d'une conscience tra-
vaillée par le besoin de sens et de plénitude. Le "Bon
Dieu" des débuts jaillit des fantasmes narcissiques
d'une enfant gâtée et introvertie. En 1879, la mort pré-
coce de Gustave von Salomé, le père tant aimé, fissure

1. *Ma vie, op. cit.*, p. 7.

l'idole. Elle a dix-huit ans. Dans le brasier de lec-
tures (Spinoza et Kant) qu'allume Hendrik Gillot,
l'iconoclaste pasteur protestant qu'elle s'est choisi
pour maître, le déicide est accompli. Mais un vide reste
à pourvoir, car ne plus croire en l'autorité de Dieu
ne purge pas l'âme de toute transcendance. Entre
Nietzsche et "la jeune Russe" rencontrée à Rome en
1882, par l'intermédiaire de Malwida von Meysenbug,
ce vide jette un pont : "Le caractère fondamentale-
ment religieux de nos natures est notre point commun,
et peut-être est-il si prononcé parce que nous sommes
des libres-penseurs. […] Dans la libre-pensée, le senti-
ment religieux […] peut devenir la force héroïque de
son être[1]." Jamais ils ne seront plus proches qu'au
mois d'août 1882 en Thuringe. L'auteur du Gai Savoir
s'emploie à guider sa disciple sur la voie libératrice de
l'athéisme souverain et de l'amor fati. *Ce grand "oui"*
jeté à la face du destin sera la clé de voûte de la pen-
sée de Lou pour sa vie entière. Mais la malveillance
(Elisabeth Nietzsche), la jalousie (Paul Rée), le ressenti-
ment (Nietzsche lui-même), l'égotisme (Lou), ruinent la
prometteuse alliance. En 1885, un an après leur rup-
ture, Lou en livre le miroir romanesque : Combat pour
Dieu[2] *met en scène un solitaire réalisant au soir de sa*
vie que ses efforts pour se libérer des emprises morales

1. Friedrich Nietzsche, Paul Rée, Lou Andreas-Salomé, *Corres-pondance*, édition de Ernst Pfeiffer, traduit de l'allemand par Ole Hansen-Love et Jean Lacoste, Paris, Presses universitaires de France, 2001, p. 156.
2. Publié dans Lou Andreas-Salomé, *Six romans,* traduit, annoté et préfacé par Pascale Hummel, Paris, Philologicum, 2009.

n'ont fait qu'aviver sa quête spirituelle. Un paradoxe au cœur du beau portrait qu'elle fait du philosophe dans l'essai Friedrich Nietzsche à travers ses œuvres, *publié en 1894 :* "De toutes les tendances fondamentales de Nietzsche, aucune n'était plus profondément ancrée en lui que son instinct religieux[1]." À *l'orée de la cinquantaine, dans le sillage de la psychanalyse, seconde grande aventure de sa vie, Lou approfondit ses réflexions sur la nature de cet* "instinct". *Une pierre d'achoppement dans son dialogue avec Freud. Quand le maître viennois réduit la religion à une aliénation, Lou la relie au désir d'harmonie à l'œuvre chez tout être. On ne congédie Dieu que pour ouvrir la porte au divin, explique-t-elle. L'autorité est remplacée par la présence, les prières par la contemplation. La correspondance des dernières années regorge de références au verdoyant jardin de Göttingen, sa dernière demeure. L'aventurière désormais immobile compare les floraisons renouvelées des buissons et des arbres aux coups de théâtre de la vie. L'orgueilleuse volonté de l'ego n'a plus de raison d'être, c'est la confiance qui domine, l'assurance d'être reliée intimement au monde,* « de contenir tout en soi-même et d'être présente en toute chose ».

Notre première expérience, chose remarquable, est celle d'une disparition. Un instant auparavant, nous

---

1. *Friedrich Nietzsche à travers ses œuvres*, traduit de l'allemand par Jacques Benoist-Méchin, rev. Olivier Mannoni, Paris, Grasset, 1992, p. 49.

étions un tout indivisible, tout Être était inséparable de nous ; et voilà que nous avons été projetés dans la naissance, nous sommes devenus un petit fragment de cet Être et devons veiller désormais à ne pas subir d'autres amputations et à nous affirmer vis-à-vis du monde extérieur qui se dresse en face de nous avec une ampleur grandissante, et dans lequel, quittant notre absolue plénitude, nous sommes tombés comme dans un vide – qui nous a tout d'abord dépossédés.

Il semble donc qu'on commence par vivre une chose déjà révolue, par refuser le présent ; le premier « souvenir » – c'est ainsi que nous l'appellerions un peu plus tard – est à la fois un choc, une déception due à la perte de ce qui n'est plus, et l'élément indéfinissable d'un savoir encore à l'œuvre, d'une certitude que cela *devrait* exister encore.

Voilà le problème de l'enfance à ses débuts. C'est aussi celui de toute *humanité à ses débuts* : un sentiment d'appartenance à l'univers continue à s'y manifester tandis que la conscience s'éveille au contact des expériences de la vie : c'est comme le grand mythe d'une participation inaliénable à la toute-puissance. Et les premiers hommes surent maintenir cette croyance avec une telle certitude que le monde des apparences semblait tout entier subordonné à une magie accessible aux hommes. Ceux-ci ont toujours un peu douté de la validité universelle du monde extérieur qui semblait autrefois ne faire qu'un avec eux ; ils ont toujours réparé cette déchirure apparue à leur conscience grâce à l'imagination, bien que celle-

20

ci doive adapter la structure de ses retouches inspirées par le Divin à la réalité extérieure de plus en plus présente. Ce monde au-dessus et à côté de lui, cette réplique imaginaire appelée à camoufler l'aspect problématique de la destinée humaine, l'homme l'appela sa religion. […]

Le fait qu'à notre naissance se produise une rupture (entre un monde et un autre) qui dissocie désormais deux formes de vie rend très souhaitable l'existence d'une instance médiatrice. *Dans mon cas*, les très nombreux conflits de la petite enfance ont dû provoquer une certaine régression : alors que mon jugement s'était déjà assez bien adapté à la réalité, je retombai dans un monde de purs fantasmes ; les parents, les opinions des parents furent alors pour ainsi dire abandonnés (trahis, presque) pour un état de plus totale communion, de plus profond abandon à une puissance supérieure qui vous associe à toute souveraineté, voire à la toute-puissance.

Pour en donner une représentation imagée : c'est comme si on avait quitté le giron de ses parents, dont il faut bien un jour descendre pour aller s'installer dans le giron de Dieu, qui semble être un Grand-Père qui nous gâte beaucoup plus, permet tout, est très généreux, comme si toutes ses poches étaient pleines de cadeaux et que cela nous rendait aussi puissants que lui, quoique pas aussi « bons » ; il représente en fait la fusion des deux parents : la chaleur du giron maternel alliée à l'omnipotence paternelle. […]

Bien sûr, une telle conception de Dieu fabriquée tant bien que mal à partir de sensations si précoces ne peut durer bien longtemps ; moins longtemps que des conceptions élaborées de manière plus raisonnée et intelligible – ainsi les grands-pères meurent habituellement avant les parents plus armés pour la vie.

C'est grâce à un petit souvenir que je comprends comment je devais procéder pour écarter de moi les doutes : dans une splendide papillote que mon père m'avait rapportée d'une fête à la Cour, j'imaginais qu'il y avait des vêtements d'or ; mais quand j'appris qu'elle ne contenait que des habits en fin papier de soie doré sur les bords, je ne la fis pas éclater. Ainsi il y *eut* malgré tout des habits d'or dedans.

Même les cadeaux de ce Dieu-Grand-Père n'avaient pas besoin d'être visibles pour moi, car leur valeur et leur profusion étaient immenses à mes yeux ; ils m'étaient *absolument* assurés et n'étaient pas liés, comme les autres cadeaux, à une condition particulière, la gentillesse par exemple.

Ma vie, p. 7-11.

Lorsque je songe aux premiers temps de mon enfance, je me vois presque automatiquement en train de raconter des histoires au Bon Dieu, le soir, avant de m'endormir. Je ne me rappelle plus les thèmes enfantins de ces histoires, mais j'aurais encore beaucoup à raconter sur les circonstances, sur le climat qui entouraient ces moments-là pour moi. Alors que c'était bien *moi* qui me remémorais en parlant ce qui m'avait frappée durant la journée, à la maison ou dans la rue, le sensationnel de ces séances tenait au fait que je me transformais en *réceptrice* passive. Car le Bon Dieu savait bien sûr tout d'avance : aussi ajoutais-je régulièrement « *comme tu sais* ». Mais j'agissais ainsi moins pour protester de mon franc-jeu avec lui que par confiance immense et par étonnement d'avoir de la sorte le droit de me blottir dans son omniscience. Je me sentais comme transportée dans une festivité, comme à Noël ou comme à Pâques (la plus importante fête russe) : j'accueillais en retour mon petit récit *comme une nouveauté*, séparée de mes narrations et de mes visions, haussée au rang de promesse.

Cette assurance causait à vrai dire pas mal de désordre dans mes rapports adressés au Bon Dieu : lorsque, par exemple, je prêtais à chaque âge d'un seul personnage de mon invention le visage de différentes personnes rencontrées. Ma petite mémoire se serait bientôt empêtrée dans ces manipulations arbitraires, sans ma confiance réconfortante en la mémoire divine. […]

L'enfance, ou encore l'humanité primitive, en raison de son individualisation réduite à l'origine, conserve l'aptitude intacte à se mettre à l'unisson de toutes choses, une sorte d'oubli de soi-même au sein des instincts brutaux de leur égoïsme pulsionnel en train d'accéder à la conscience. À mesure que les facultés de conscience grandissent et s'avivent, apprenant à tout mettre au service de l'individu, l'amplitude spontanément ressentie se rétrécit de plus en plus : parce que le petit d'homme, au prix de ce resserrement, accède au *savoir*. Ce qui déferlait en lui comme une simple force de vie prend la forme d'une lutte vitale toujours plus consciente contre tout ce qui l'entoure et lui rend sensibles ses limites.

Carnets intimes des dernières années, p. 157-158.

Vendredi 18 août.

Tout au début de mes relations avec Nietzsche, alors que j'étais en Italie, j'écrivis un jour à Malwida qu'il avait une *nature religieuse*, ce qui la laissa très sceptique. Aujourd'hui je soulignerais doublement cette formule. Le caractère fondamentalement religieux de nos natures est notre point commun, et peut-être est-il si prononcé en nous parce que nous sommes des libres-penseurs dans toute l'acception du terme. Dans la libre-pensée, le sentiment religieux ne peut pas se référer à quelque principe divin ou à un ciel dans lesquels les forces *constitutives de la religion*, telles que la faiblesse, la peur et la cupidité trouveraient leur compte. Dans la libre-pensée, le besoin *religieux* créé par les religions – ce rejeton plus noble des formes particulières de la foi –, abandonné en quelque sorte à lui-même, peut devenir *la force héroïque de son être*, le désir de se dévouer à une grande fin.

Il y a un trait héroïque dans le caractère de N., qui est l'essentiel en lui, c'est ce trait qui donne à l'ensemble de ses qualités et de ses pulsions leur caractère et leur unité. Nous le verrons un jour apparaître comme le messager d'une nouvelle religion, une religion dont les disciples seront des héros.

Nietzsche, Rée, Salomé, *Correspondance*, p. 155-156.

Mon intérêt pour l'« homme pieux » remonte à très loin. C'est l'un des problèmes qui n'ont cessé de me préoccuper durant presque toute mon existence, alors que pour vous, au contraire, il ferait partie de ce que vous ne laissez pas de considérer d'un œil critique ; et cependant – sur le plan scientifique – nous sommes parfaitement d'accord (vous me l'avez écrit encore récemment : « D'accord, comme par le passé »). Mais je crois toutefois percevoir parfois chez vous une réserve prudente : cette convergence de nos vues ne se limite-t-elle pas essentiellement à la « religion du commun des mortels », celle dont votre œuvre, *Avenir d'une illusion*, fait table rase, autant que faire se peut ? N'oublions pas que, dans notre propre camp, des voix se sont élevées pour nous mettre en garde d'aller trop loin, c'est-à-dire assimiler des projections grossières du désir sur le divin aux « spiritualisations » dont il est l'objet. Que dis-je ? Pour le rendre scientifique, on passe des contenus religieux sous l'éclairage de la philosophie ou de l'éthique. Mais vous me connaissez assez pour savoir que rien ne me répugne tant que d'ôter à Dieu sa vieille robe de chambre et de le revêtir d'un habit plus présentable, afin de l'introduire dans la haute société. Quelle ineptie de commencer par là ! En effet, ce n'est pas grâce à nos vues les plus éclairées s accédons à la piété : celle-ci procède au contraire de la violence de nos représentations les plus infantiles, et le fétiche le plus grossier demeure l'objet d'une haute vénération, au côté d'un Dieu parfaitement ésotérique, tel qu'il se dégage de l'évolution (ou de la complication) de l'histoire des religions. En le faisant rentrer dans des catégories abstraites toujours plus restrictives, nous le confondons d'autant plus irrémédiablement avec nous-mêmes. […]

C'est ainsi que l'orientation essentielle de la piété s'inverse : au lieu de connaître la quiétude au sein d'une réalité qui nous englobe, que nous soyons petits ou grands, que la conscience de notre moi personnel soit affermie ou entamée, nous nous précipitons dans toutes les formes de suffisance : puisqu'il est vrai que Dieu a besoin de l'éclat de notre grandeur pour exister, *celle-ci existe*, même s'il n'y a pas encore de Dieu. À force de répéter avec insistance que notre vie doit s'élever jusqu'à l'héroïsme sublime pour que Dieu advienne, nous ne cessons, manifestement, en adoptant ce compromis entre croire et penser, de nous éloigner de ce qui est à l'origine de toute piété. Ce regard qui, plongeant au fond de nous-mêmes, se lève irrésistiblement jusqu'au plus haut de nous, trahit ainsi – quand bien même l'individu n'en prendrait pas conscience, en dernier ressort – sa motivation la plus intime – comme elle s'était déjà trahie dans ce cri célèbre de Nietzsche : « S'il y avait un Dieu, comment supporterais-je la pensée de ne pas être Dieu ? »

Ce que nous avons élaboré plus haut n'est que l'écho affaibli de ce cri : de quelles profondeurs bien plus grandes, en effet, d'autant plus grandes que Nietzsche arrachait sa confession à des abîmes plus profonds, montait la force qui a mis en branle sa pensée : c'est le martyre d'une vie entière passée à la quête d'un substitut de Dieu.

Lettre ouverte à Freud, p. 91-93.

On ne congédie pas Dieu : on lui est reconnaissant dans la vivacité de la vie que lui seul jadis parvenait à représenter vraiment. En réveillant ainsi la vie, il abolit pour ainsi dire sa nécessité. Ainsi ce qui survit de lui le plus divinement, c'est vraiment sa négation. Et par le fait qu'il peut en être ainsi, il donne au périssable en général un de ses plus grands charmes, son charme le plus divin : ce qui signifie perte devient synonyme de retour à soi-même.

Assurément on pourra trouver paradoxal – n'est-ce pas la seule activité du sentiment qui en témoigne ? – que j'affirme à partir de là que rien n'a davantage égalé mon bonheur d'enfant auprès de Dieu que ce bonheur clair et grave de jeunesse dans la connaissance – cette connaissance tout à fait détournée de Dieu. Mais si cela paraît choquant, on n'a qu'à se figurer à quel point de son côté un tel Dieu enfantin peut naître en apparence dans l'opposition et pourtant sans réserves du fait des parents mêmes – à quel point sa dimension, qui embrasse toutes choses, ne renferme en elle que le souvenir de la tendresse humaine la plus étroite qui soit, dont l'enfant ait pu goûter en premier la douceur. C'est pourquoi je continue volontiers à me représenter, comme la psychanalyse l'a rendu plausible, que déjà dans les questions des enfants pour savoir « d'où ils viennent », dans la curiosité sexuelle, de laquelle Dieu et les fins dernières de l'homme sont souvent si étonnamment proches, la poussée de la pensée et de la tendresse forment une unité indiscernable, et que la pulsion du savoir même la plus décantée a grandi depuis cette racine, chaude comme la terre. La pensée comme la vie, la connaissance comme le sexe, dans leurs tendances centrifuges, se rencontrent dans cette origine commune, et la question de savoir qui nous sommes et d'où nous venons, s'éveille en nous comme le premier grand feu de la prise de conscience du fait que nous sommes.

L'Amour du narcissisme, p. 60-61.

La religion n'est en dernière analyse qu'un rapport vital à soi-même – le rapport qu'entretiennent entre eux le haut et le bas, leur interaction réciproque constituant la personnalité intime de l'individu. La religion est le rapport que nos fleurs et nos branches entretiennent à notre tronc et à nos racines. Il va de soi que nous devons produire des branches et des fleurs et faire croître notre tronc, sous peine de nous réduire à une existence muette et latente dans l'obscurité du sol. Mais ce qui se dresse à la lumière n'est qu'une petite part, tributaire de l'immense profondeur qui est en nous. Cet oubli provoque l'universelle indifférence religieuse d'aujourd'hui ou, ce qui revient au même, l'idolâtrie générale. L'idolâtrie consiste à prendre une

partie pour le tout, à l'exagérer au point qu'elle parasite tout autre élément. Éprouver la présence de Dieu
représente le contraire du parasitisme : l'expérience
devient nourriture et source, parce qu'elle est harmonie ; elle établit le rapport juste et fécond entre les
choses. Là où la religion manque, il manque à chaque
objet son harmonie et son éternité (ce qui en fait la
valeur éternelle), et aucun idéal culturel ne peut com-
bler cette lacune, aucun enthousiasme, si bruyant soit-
il, ne rétablit l'équilibre. Il manque l'intemporel, qui
échappe à tout flux, et vit dans la prière.

En Russie avec Rilke, p. 161.

Paradoxes de l'amour

« *La passion amoureuse [est] notre porte d'entrée la plus profonde en nous-mêmes*[1]. » *À celle qui prit son temps pour la pousser, cette porte ouvrit un territoire de paradoxes ; Lou s'y montra intrépide et vertueuse, infidèle et loyale, intraitable et tendre, offerte et lointaine. L'amour lui fut une intarissable source de défis, de renoncements, de combats. Comment concilier le don de soi et l'égard pour soi-même, comment s'offrir à l'amour quand on entend aussi en démonter les rouages, comment ouvrir son cœur quand on fait corps avec sa raison ? Mais pouvait-il en être autrement ? Voilà une adolescente pour qui comprendre est une passion : « Ne pas tourner en dérision les actions humaines, ni les prendre en haine, mais faire en sorte de les comprendre », une créature « féminine, charmante, séduisante, qui renonce à tous les moyens qu'une femme a à sa disposition et se sert, au contraire, avec une rigoureuse exclusivité, des armes qu'un homme*

1. *Éros*, traduit de l'allemand par Henri Plard, Paris, Minuit, 1984, p. 53.

manie dans la lutte pour la vie[1] ». *Voici une femme aussi charnelle que cérébrale, assez singulière pour n'avoir pas de plus ardent désir que le partage des idées : dans un siècle frileusement replié sur les préjugés, pareille conspiration ne peut qu'attirer les malentendus. Comprendre que la désarmante liberté de Lou envers eux n'est en rien celui d'une banale allumeuse, qu'elle voit en eux des accélérateurs de pensée, n'est pas chose aisée pour les esprits brillants qu'elle approche. C'est le pasteur Hendrik Gillot déchu de son aura de Maître dès lors qu'il manifeste son désir ; c'est le fougueux Paul Rée, embastillé dans l'utopique projet d'une chaste alliance intellectuelle ; c'est l'ombrageux Nietzsche, brutalement renvoyé à son héroïque solitude pour s'être porté candidat au mariage : dès qu'il abat son jeu de prédateur, l'ami devient l'adversaire. Contre ces conflits d'intérêts, le mariage n'offrirait-il pas le seul refuge au sein duquel déployer ses attentes d'une vie singulière ? Un mariage dont elle fixerait les règles, évidemment ! En 1886, l'annonce de ses fiançailles avec le vénérable professeur Friedrich Carl Andreas, linguiste réputé de quatorze ans son aîné, jette la stupeur. Paul Rée ne trouve pas d'autre issue à son désespoir que de fuir, laissant une Lou meurtrie, mais raffermie dans son désir de conjugalité hétérodoxe. Pendant leurs fiançailles, Andreas s'était engagé à ne pas lui demander d'enfants – il était loin d'imaginer que cette promesse ferait le triste lit d'une chasteté imposée.*

1. Ludwig Hüter cité par Dorian Astor dans *Lou Andreas-Salomé*, Paris, Gallimard, « Folio Biographies », 2008, p. 132.

La romancière de trente-six ans, dont le jeune Rainer Maria Rilke s'éprend dix ans plus tard, s'est-elle jamais donnée ? Une chose est sûre, au poète rencontré en 1897 à Munich, les mémoires octroient la première place : « Si je fus ta femme pendant des années, c'est parce que tu fus pour moi la première réalité *où le corps et l'homme sont indiscernables. [...] C'est ainsi que nous sommes devenus mari et femme avant même de devenir des amis*[1]. » *À cet être délicat où s'équilibrent, explique-t-elle, la pureté, l'ardeur et* « la grâce virile », *Lou s'abandonne enfin, et c'est l'infini qui soudain se révèle. Leur rupture, décidée au cours de leur voyage en Russie durant l'été 1900, n'efface pas cette révélation de l'amour-Éveil. L'essai* L'Érotisme, *publié en 1910 sur la demande du philosophe Martin Buber, révèle un corps-esprit réconcilié. Aux abords de la cinquantaine, vécue comme une seconde floraison, Lou exprime enfin les paradoxes de cette* « délicate fêlure » *tels qu'elle a pu les connaître, en toute intimité et en toute conscience : une merveilleuse puissance créatrice tragique dans son essence.* « Éternellement rester étranger l'un à l'autre, tout en restant éternellement proches : telle est la loi de tout amour[2]. » *Et son mystère.*

Aimer au sens plein du terme, c'est en fait être d'une exigence extrême envers l'autre – phénomène inévitable depuis la simple ivresse amoureuse jusqu'à la passion la plus complexe ; c'est aussi pourquoi on attend

1. *Ma vie, op. cit.,* p. 140.
2. *Éros, op. cit.,* p. 72.

de ceux que l'amour a « ravis » qu'ils « reviennent » peu à peu à eux, tant à cause des autres nécessités de la vie que des devoirs à assumer envers l'autre. Ceci n'empêche pas que les intéressés – ceux qui sont « touchés » – doivent avoir pour cet état où l'on déborde d'amour un sentiment unique de reconnaissance, bien que cet état soit suspect, critiqué par la raison, tourné en dérision *parce que* ses critères s'opposent aux critères habituels ; *parce qu'*il aide à faire apparaître un certain temps ce qui était pour nous le plus indispensable, le plus évident avant que nous ayons pu nous orienter dans la réalité. L'être qui a eu le pouvoir de nous faire *croire et aimer* reste au plus profond de nous notre Seigneur, même si plus tard il devient un adversaire.

C'est pourquoi, même quand un amour se réalise tout à fait normalement, nous devons nous pardonner mutuellement de nous être livrés chacun à des débordements – sans parler du problème qu'ainsi fidélité et infidélité se confondent d'une manière étonnante et déconcertante. L'irruption violente du rêve dans la réalité va de pair avec la plus forte exigence que nous ayons vis-à-vis de quelqu'un d'autre, mais le bien-aimé n'est tout de même rien de plus que la tranche de réalité qui incite le poète à écrire une œuvre dont le contenu n'a aucun rapport avec la fonction ordinaire de cet objet dans le monde réel. Nous sommes tous poètes, bien plus que nous ne sommes des êtres de raison ; ce que nous *sommes* au sens le plus profond, en tant que poètes, dépasse largement ce que nous *sommes devenus* – cela n'est pas une question de valeur, c'est bien plus profond et se situe dans la nécessité impérieuse où est l'humanité consciente d'analyser ce qui la porte et doit lui permettre d'essayer de s'orienter.

L'amour ressemble à des exercices de natation avec une bouée : nous faisons comme si l'autre était lui-même la mer qui nous porte. C'est pourquoi il devient pour nous à la fois aussi précieux et irremplaçable que notre patrie d'origine, et aussi troublant et déconcertant que l'infini. Nous, univers devenu conscient et par là morcelé, nous devons nous freiner, nous supporter mutuellement dans les variations de cet état –, nous devons faire la preuve concrète de notre profonde unité, c'est-à-dire physiquement, corporellement. Mais la réalisation positive, matérielle, de ce fait essentiel, preuve apparemment irréfutable, n'est qu'une affirmation qui se heurte à l'isolement irrémédiable de chaque individu dans les limites de sa personne.

C'est pourquoi, quand notre esprit et notre âme sont engagés dans l'amour, nous pouvons être victimes de l'étrange illusion de planer, « délivrés du corps », d'être comme unis au-delà de lui ; inversement, quand il n'y a pas d'engagement affectif, notre vie physique peut pour la même raison s'accomplir seule par l'inter-médiaire d'un objet qui n'est pas autrement concerné. Ainsi on distingue dans le discours l'Éros qui nous conduit – et l'érotisme qui nous séduit ; la sexualité comme lieu commun et l'amour comme émotion que nous avons tendance à taxer de « mystique » ; ou bien elle s'exprime dans la candeur de notre corps qui ne prend pas nécessairement conscience de ce qui est banal, mais se satisfait comme dans le plaisir de respirer ou de se rassasier – ou bien nous, pauvres hommes, célébrons dans l'extase de notre être global le mystère de nos liens originels avec toute existence.

Ce don parfait qu'est un érotisme harmonieux ne pouvait échoir qu'aux animaux. Eux seuls connaissent, au contraire des hommes dont l'amour se fait et se défait au gré des conflits, cette régulation qui se manifeste tout naturellement dans l'alternance du rut et de la liberté. Nous seuls vivons dans l'infidélité.

Ma vie, p. 31-33.

Aussi l'amant se conduit-il, dans son amour, bien plus à la manière de l'égoïste qu'à la manière de l'altruiste ; il se montre exigeant, avide, mû par de violents désirs égoïstes, et tout à fait dépourvu de cette large bienveillance, prête à se manifester, en vertu de laquelle, que nous partagions humainement ses joies ou ses souffrances, nous nous soucions d'autrui sans le moindre égard à nous-mêmes. L'amour-propre, dans l'amour, ne s'élargit pas en compassion et en douceur ; bien au contraire, il se resserre, se renforce, s'aiguise en une dangereuse arme de conquête. Mais cette arme ne tente pas d'imposer ce que nous faisons tous, lorsque nous exploitons au seul bénéfice de notre égoïsme hommes ou choses : elle ne sert pas à mutiler, dans l'objet qui nous attire, ce qui donne un but à son être, à le châtrer de sa splendeur et de sa richesse ; mais seulement à le conquérir, pour qu'ensuite nous le mettions en valeur, nous l'estimions, nous l'idolâtrions de toutes les manières possibles, nous le hissions sur le trône et lui servions de marchepied. C'est ainsi que l'amour, sous sa forme d'Éros, contient en lui tous les excès, et de l'égoïsme, et de la bienveillance, l'un et l'autre transmués en passions et fusionnés en un unique sentiment, quels que soient leurs contrastes. On dirait qu'il se produit dans notre vie secrète comme une délicate fêlure, par laquelle nous parvenons à sortir de nous-mêmes, à nous élancer, ivres et d'un pas incertain, vers tout ce qu'il y a de vie débordante autour de nous, au moment même où nous sommes en proie au plus passionné des égoïsmes.

Éros, p. 46-47.

Aussi n'a-t-on pas tort de dire que tout amour rend heureux, y compris le malheur en amour. Il faut apprécier la justesse de ce principe sans la moindre concession au sentimentalisme, sans tenir le moindre compte de l'objet aimé, simplement et uniquement comme bonheur d'aimer, en lui-même, lequel, dans son exaltation solennelle, allume en nous, jusqu'au recoin le plus secret de notre être, cent mille cierges, dirait-on, dont la lumière noie complètement toutes les choses réelles et extérieures à nous. De là vient aussi que des êtres doués d'une certaine force et profondeur d'âme savent tout l'essentiel de l'amour avant même d'avoir aimé, et (comme cette pauvre Emily Brontë dont parle Maeterlinck, dans son dernier livre, avec un peu trop de stupéfaction) qu'ils seraient capables de décrire par anticipation, avec une

flamme et une ferveur convaincantes, toute la félicité
de l'amour.

Ibid., p. 52-53.

Aussi l'amour et la création sont-ils, dans leur
racine, identiques : en toute création, c'est l'œuvre
qui jaillit vivante de l'amour tout-puissant que provoque son objet, de délices débordantes trouvées en
lui ; en son sens le plus profond, c'est un acte d'amour ;
et, de même, tout amour est acte créateur autonome,
volupté de créer, amorcée par l'être humain que l'on
aime, mais entreprise pour l'amour d'elle-même, et
non de lui. C'est pourquoi l'érotisme – tout comme
la faculté créatrice de l'esprit – doit être indubitable-
ment, en son essence, conçu comme un état intermittent,
qui survient et s'interrompt, et dont ni l'intensité ni
le bonheur dont il vous inonde ne peuvent rien
apprendre, dans tel cas particulier, sur sa durée probable.

Ibid., p. 57.

S'il en est ainsi, rien assurément ne met plus en
péril la passion de l'amour que le moment où un être
humain niaisement aveuglé veut incarner pour un autre
mieux qu'une telle médiation, une prise en charge
créatrice, au sens le plus haut de ce terme, – où, au
lieu d'elle, il recherche son contraire : calquer artifi-
ciellement son être propre sur la nature de l'autre,
afin de se fondre essentiellement en lui, et non uni-

quement dans les chimères de l'amour. Celui-là seul qui demeure entièrement lui-même peut à la longue rester objet d'amour, parce que lui seul est capable de symboliser pour l'autre la vie, d'être ressenti comme une force vitale. Aussi n'y a-t-il rien de plus inepte en amour que de s'adapter l'un à l'autre, de se polir l'un contre l'autre, et tout ce système d'interminables concessions mutuelles, faites uniquement pour les êtres contraints, par des raisons purement pratiques et impersonnelles, à supporter leur vie en commun, en atténuant le plus rationnellement possible cette contrainte. Et plus deux êtres sont parvenus à l'extrême du raffinement, plus il est funeste de greffer l'un sur l'autre, au nom de l'amour, de transformer l'un en parasite de l'autre, tandis que chacun d'eux doit s'enraciner robustement dans son sol particulier, afin de devenir tout un monde pour l'autre. Aussi est-ce un spectacle si singulier, et qui pourtant n'a rien de bien rare, que de voir ce qui se produit après une longue existence d'amour visiblement heureux, quand la mort sépare deux partenaires : après une période de désespoir sincère et de désarroi, le survivant se met tout à coup à s'épanouir de manière toute nouvelle. Il arrive que des femmes qui, se sacrifiant exagérément à leur compagnon, s'étaient réduites à n'être que sa « moitié », ont la surprise, toutes veuves endeuillées qu'elles sont, de connaître cet étrange été de la Saint-Martin de leur nature propre, écrasée et déjà presque oubliée.

Ibid., p. 62-63.

C'est toujours une étoile inaccessible que nous aimons, et chaque amour est toujours, en son essence intime, une tragédie – mais qui ne peut produire qu'en cette qualité ses effets immenses et féconds. On ne peut descendre si profondément en soi-même, on ne peut puiser au tréfonds de la vie, là où toutes les forces reposent encore enlacées, tous les contraires encore indifférenciés, sans ressentir aussi en soi-même le bonheur et les tourments, dans leur connexion mystérieuse. Car ce qui s'y produit en l'homme n'est pas seulement situé par-delà toutes les partialités et toutes les scissions de l'égoïsme ou de l'abnégation de soi, du sensuel ou du spirituel, mais aussi par-delà ce bien-être minutieusement, péniblement enclos que nous tentons, durant notre vie entière, de protéger de toute souffrance, comme de notre pire ennemi. Un seul homme sait que bonheur et tourments ne font qu'un, dans toutes les expériences les plus intenses, tous les moments féconds de notre vie : le créateur. Mais bien avant lui un humain en proie à l'amour a tendu, suppliant, ses mains vers une étoile, sans demander si c'était du plaisir ou de la douleur qu'il implorait d'elle...

Ibid., p. 72-73.

Si donc l'ivresse amoureuse avait été, même bien avant que fût conclue l'union pour la vie, un arbre en fleur qui s'épanouit longtemps avant de flétrir, il serait à présent de nouveau planté dans ce sol en vue d'une croissance toute neuve. De ce qui l'a fait fleurir, la sensation, il serait entièrement détaché, et enraciné dans ce qui généralement le faisait se faner, l'*habitude* : car, pour maintenir en vie la communauté totale, également active en tous les instants, il importe peu que l'on soit agité et bouleversé par les allées et venues des sensations. S'il est vrai que ces hauts et ces bas des fonctions du corps et des affects qui en dépendent expriment l'une des valeurs vitales de l'amour ; s'il semble que l'existence nous crie du fond d'eux : « Ne t'arrête pas ici, comme si tu avais atteint ton objectif ultime ! Il faut *aller plus loin* ! »

Ibid., p. 124-125.

Il n'est pas sans intérêt de se rendre compte que, par opposition à ce qui sera plus tard notre égoïsme conscient, que nous concevons comme une frontière tracée entre nous et les autres, l'amour de soi, sous sa forme première, contient tout amour objectal, et même englobe nécessairement le monde en sa totalité. De fait, il nous faut la première ébauche de la déception et de l'aversion que nous ressentons aussi envers nous-mêmes pour que nous nous opposions définitivement, et concrètement, à l'objet, en tant qu'autre – pour que nous apprenions l'absence d'amour, la haine, les sentiments de refus, bref, quelque chose que nous ne voulons plus nous intégrer par « introjection » (Sandor Ferenczi) mais dont nous réalisons une projection, nous créant ainsi pour la première fois un « dehors », au sens libidinal du terme. Si « le monde extérieur » est encore absent dans la première totalité inconsciente de l'amour, il n'en est que plus durement « extériori-sé », expulsé, établi dans son statut d'étranger à cette frontière des premières expériences, après lesquelles nous ne pouvons plus jamais nous dilater par l'amour en une totalité où le monde entier trouve sa place, sauf dans les états d'exception que sont l'ivresse sexuelle ou celle de la création spirituelle.

La maxime selon laquelle celui qui trop soupçonne et condamne juge les autres d'après lui-même, ainsi que la réflexion sur les défauts que nous haïssons en autrui plus violemment que d'autres lorsqu'ils sont semblables aux nôtres, tirent encore de ces expériences leur vérité. Ce que notre amour-propre élimine de notre essence personnelle, nous le rencontrons, provocant, dans le monde des objets, dont à l'origine nous ne nous savions pas distincts.

Ibid., p. 138.

Puissance de la femme

Échapper à tout dogme, cette volonté, Lou l'exerce aussi envers une cause que ses actes et ses choix semblent pourtant servir : le féminisme. Elle a beau compter des amies dans ses rangs, dont Frieda von Bülow, si chère à son cœur, la priorité qu'elle accorde à ses propres besoins, ainsi que ses prises de positions pour le moins ambiguës sur « l'éternel féminin », la laissent en marge d'un mouvement particulièrement actif dans l'Allemagne du IIe Reich. Alors que nombre de ses romans et nouvelles mettent en scène des femmes œuvrant hardiment pour leur liberté, d'autres textes reprennent à leur compte des clichés éculés de l'imagination masculine. En 1899, dans un essai provocateur, Hérésies contre la femme moderne, *Lou affirme que les femmes ne sauraient considérer leur activité littéraire comme l'essentiel de leur accomplissement vital et qu'il leur est difficile sinon impossible de concilier durablement l'intellectuel et l'éros. Hedwig Dohm, féministe militante, s'offusque de ces « phrases qui font se dresser les cheveux sur la tête à une femme émancipée », tandis que Hélène Stöcker, active sur le front de la contraception, du*

divorce et de l'égalité des droits, l'accuse d'attentisme.
Pour comprendre cette prise de distance, un éclairage
biographique s'impose. Sœur adorée de cinq frères,
Lou a été élevée par une mère assez aimante et large
d'esprit pour faire passer les conventions derrière
l'aspiration légitime au bonheur. Les limitations impo-
sées aux femmes de son temps et de son milieu n'ont
guère entravé ses débuts dans le monde. Habitée par la
confiante illusion « qu'un frère se cache en chacun des
hommes qu'elle rencontre[1] », Lou trace son sillon avec
la hardiesse d'une femme qui se définit par sa cérébra-
lité, non par son sexe. Mais c'est justement la révélation
du sexuel, du consentement à l'abandon, à l'ouverture,
au don de soi, qui permettra le dévoilement du féminin
comme territoire où se prouve et s'éprouve la source
transcendante de toute chose. La ligne de fracture avec
les féministes traverse donc le champ de l'intériorité.
Quand les premières déplacent leurs pions sur l'échi-
quier des droits et des lois, Lou déploie sa réflexion sur
le terrain de l'énergie créatrice et spirituelle. Les textes
de la maturité désignent la femme comme porte-parole
de la Totalité, mais il convient de les lire aussi comme
une exhortation faite aux femmes de fortifier leur accès
au divin, que ce soit par l'amour, par l'art, par la mater-
nité réelle ou symbolique car « plus les dons naturels
d'une femme seraient grands, profonds, remarquables,
plus elle pourrait acquiescer [...] aux mystères ultimes
du trépas et de la renaissance[2] ».

1. *Ma vie, op. cit.*, p. 41.
2. *Éros, op. cit.*, p. 138.

La femme apparaît à l'homme comme l'être le moins individualisé, mais aussi comme celui qui participe plus directement à la vie universelle, et qui peut en devenir, individuellement, le porte-parole, avec une bonté et une sagesse qui dépassent toute raison. C'est d'un autre geste, en quelque sorte, qu'elle s'inscrit organiquement dans la totalité de la vie, un geste plus large et plus ardent que chez l'homme, qui, lui, se révolte contre tout ce qui pourrait l'empêcher de continuer sans cesse à se spécialiser. De même qu'une goutte, en tombant dans la mer, perd bien sa forme mais ne fait que retourner se fondre dans son élément, la disparition de l'individu dans la mort, ou sa fusion avec les énergies toutes-puissantes de la vie, contiennent pour la femme plus de haute signification que l'homme n'en trouve en elles. En rentrant dans le Tout, elle qui est déjà un Tout, on dirait qu'elle revit un songe très ancien, dont le vague souvenir a ordonné et dirigé son épanouissement d'être humain, un songe des tout premiers temps, où elle était encore tout en tout – et tout avec tout – et n'existait pas seule pour elle-même, puisque rien ne demeurait hors d'elle-même. Plus les dons naturels d'une femme seraient grands, profonds, remarquables, et plus elle pourrait absorber, dans son être le plus subtil et le plus secret, ces liens obscurs, les sentir vibrer en elle, sans qu'elle en souffre aucunement, jusqu'au moment où, comme la gouttelette lumineuse au bord de la mer, elle aurait laissé entrer en elle trop de mers pour ne pas s'y perdre, perle parmi les perles. L'affirmation de son être et le don de soi s'alimentent donc en elle à la même source infinie, et c'est pourquoi elle acquiesce, avec une piété même pas volontaire, aux mystères ultimes du trépas et de la renaissance.

Éros, p. 138.

La femme est également, bien plus que l'homme, déterminée et liée par la vie de son corps. C'est un point que le plus souvent on néglige, au nom des plus plates conventions, – et, plus que tous, les femmes commettent cette erreur, parce qu'elles aiment feindre que seuls des êtres féminins égrotants soient sensibles aux dispositions variables de leur organisme. Et pourtant, ce qui imprègne irrévocablement la plus saine même, la plus épanouie des femmes, en tant que loi imposée à toute son existence physique, ce qui la différencie de l'homme n'est rien qui doive l'amener à se sentir inférieure à l'homme, mais bien au contraire ce qui lui permet de s'affirmer à côté de lui, dans toute la spécificité féminine de ses dons ; car il s'agit là d'un fait extraordinairement important et riche de conséquences : le rythme naturel de sa vie, et physiologique, et psychique. La vie de la femme se conforme en cela à un rythme secret, à des hauts et des bas réguliers, qui l'enferment dans un cycle sans cesse recommençant, sans cesse aboutissant à nouveau, dans lequel tout son être, avec toutes ses manifestations, se sent harmonieusement bercé.

Ibid., p. 27.

Les erreurs commises quant à l'essence de la féminité relèvent toutes, au fond, d'un seul et même principe, soit qu'on souligne, dans la dépendance et la passivité féminines, que la femme n'est rien que l'appendice de l'homme, soit qu'on mette principalement l'accent chez la femme sur la seule maternité, car la maternité, elle aussi, conçue uniquement selon les métaphores de la réception passive, du port de l'enfant jusqu'à terme et de la mise au monde, autorise les mêmes conclusions fallacieuses, telles qu'on peut partout les relever chez elles qui, dans les problèmes du féminisme, représentent cette tendance. Car, non moins que d'autres, elles négligent ce fait que la femme est d'abord et avant tout quelque chose de totalement autonome, qu'elle fait, tout autant que l'homme, don de cette autonomie, et que tous les autres rapports n'en sont que des conséquences. La rencontre des sexes, avec tout ce qu'elle entraîne, est une confrontation de deux mondes, dont chacun a son autonomie, dont l'un tend plutôt à se concentrer sur lui-même, et l'autre à se spécialiser, ce qui les rend capables, en vertu de cette même différence, de créer au-delà d'eux, puisqu'ils engendrent ensemble un troisième monde, d'une extrême complexité, et du reste se complètent et s'aident l'un l'autre, le plus heureusement du monde, à élever leur être propre à une puissance supérieure. Dans la vie du corps, par opposition à l'expérience interne de la maternité, ce contraste fécond entre l'essence des deux sexes se manifeste déjà, avec une clarté et une exemplarité parfaites. D'un côté, l'homme, bien qu'il soit dans le couple la partie la plus agressive, la plus entreprenante, n'est que partiellement et momentanément associé à l'ensemble du processus – et son action consiste en un acte unique dans lequel il se met tout entier –, car il a sa vie dans une différenciation toujours plus poussée de toutes les énergies qui, en lui, tendent à une pluralité de réalisations et de passages à l'acte distincts les uns des autres ; s'il a valeur, c'est en ce qu'il réalise et développe ainsi. L'essence de la féminité, restée, par sa nature, plus harmonieuse, a sa paix et son repos dans tout ce qu'elle a une fois pour toutes assimilé à elle-même, identifié à soi ; si son activité créatrice trouve son terme, ce n'est pas en de tels actes isolables et spécialisés tendus vers un but extérieur : elle devient un organisme unique avec ce qu'elle crée, elle s'achève en quelque chose qu'on ne peut plus guère qualifier d'acte, car il consiste simplement à faire jaillir et rayonner de sa vie harmonieusement organisée une autre vie, elle aussi harmonieusement organisée. Ainsi, la femme, même dans son expérience de la maternité, reste le sol nourricier du menu germe double qu'elle porte en elle, et ne le laisse aller qu'une fois qu'il est devenu, non plus seulement une partie, un acte, une œuvre née de l'existence de ses parents, mais une existence humaine autonome, parfaite en elle-même, et qui le temps venu sera à son tour capable d'en engendrer une autre.

Ibid., p. 16-17.

D'une part il est vrai que l'amour maternel ne se laisse troubler par aucune réalité, ni ne laisse porter de préjudice à son tendre préjugé affectif, comme si, de fait, la petite créature qu'est l'enfant n'était que le support qu'exige ce préjugé. Mais d'autre part il n'en est ainsi que parce que l'amour maternel n'est en soi rien d'autre qu'une sorte d'*instinct de couvée*, d'*engendrement prolongé*, si l'on peut dire ; rien qu'*une chaleur qui se penche sur le germe et le couvre*, une chaleur qui permet à ses virtualités de se réaliser, qui l'interprète comme une promesse – promesse qu'elle se fait à elle-même en lui. C'est à cette fin que son effort d'idéalisation est aussi étroitement et aussi authentiquement apparenté à l'acte créateur que le requiert son sens originel et suprême ; à cette fin que des *actes* et des *prières* sont contenus jusque dans les petits surnoms tendres dont elle caresse son enfant pour l'appeler, de jour en jour, à entrer de plus en plus profondément dans la vie.

C'est aussi pour cette raison que déjà dans ses rapports avec l'homme ses effusions expriment autre chose que le seul feu d'artifice intellectuel d'un trop-plein inemployé de sexualité. De même qu'elle célèbre en son enfant, toutes les fois qu'elle le porte aux nues sans souci de la vérité, une seule de ces splendeurs, le fait merveilleux de sa petite vie, de même, derrière le manteau rayonnant d'illusions qu'elle passe à l'homme aimé et qui le rend unique à ses yeux, c'est toujours l'être humain lui-même qu'elle découvre et qui, si quelconque et imparfait qu'il soit, totalement nu, n'est pas moins depuis sa naissance compris dans sa vie la plus profonde. Dans toutes ces images idéales qu'elle lance à sa rencontre, avec tout à la fois, semble-t-il, tant d'arrogance et tant d'humilité, elle ne fait que lui donner accès à cette immense chaleur en laquelle l'individu, s'il y a goûté une seule fois le repos, trouve la fin de sa solitude originelle, comme s'il était de nouveau enclos au sein de ce monde de maternité qui l'entourait avant qu'il ne fût.

Ibid., p. 105.

La maternité n'est pas la seule forme d'être en laquelle se révèle à quel point c'est justement la physiologie de la femme qui contient les germes de son développement le plus souverain, par-delà le simple érotisme, jusqu'à une humanité plus générale. Un second type de féminité en lequel on célèbre également le symbole suprême de l'amour, dans un caractère qui apparemment surmonte l'érotisme, s'est fixé sous l'image de la Madone. Même s'il est vrai que la possession de la vierge par le dieu, aux temps les plus anciens, a pu ensuite être intégrée aux intrigues du clergé, il est toutefois indubitable qu'elle est née du besoin de soumettre la sexualité à ce qu'approuve et sanctifie la religion, et, même lorsque se sont greffés sur elle des rites orgiaques, de l'élever, en tant que sacré, au-dessus des besoins de l'individu. En effet, cette conception primitive de la Madone semble se rapprocher de celle que nous nous faisons actuellement de la prostituée : du don de soi sans possibilité de choix, ni même de plaisir, autrement dit, du don de soi en vue d'objectifs profondément étrangers à l'érotisme. Le type de la prostituée et le type de la Madone se ressemblent sur ce point à peu près comme la caricature et son modèle vivant, ou se touchent dans leurs extrêmes ; mais ce qui les rend possibles, l'un comme l'autre, c'est déjà le même principe qui donne à la femme vocation d'animal porteur de vie, d'animal maternel : son corps, pour autant qu'il porte l'enfant à naître, en tant que temple du dieu, ou que théâtre et lieu vénal de la sexualité, devient l'expression faite chair, le symbole de cette passivité qui rend la femme également apte à dégrader l'acte sexuel ou à le transfigurer.

Or, de même qu'en la maternité c'est la plus forte passivité de la femme qui se métamorphose en l'extrême de son pouvoir créateur, on pourrait aussi, et non sans raison, spiritualiser la notion de Madone jusqu'au plus haut niveau de l'activité porteuse de sens. Car elle ne désigne pas uniquement une négation, la femme libérée de la concupiscence, mais aussi celle qui s'est consacrée de tous ses pouvoirs, y compris les pouvoirs non érotiques, à la seule fin de la conception. Plus une femme est enracinée dans l'amour, plus elle est parvenue à s'y réaliser personnellement, et plus l'élimination passive, dans la sexualité, du pur et simple plaisir se mue en un acte, un accomplissement et une action vivants. Sensualité et chasteté, épanouissement et sanctification d'elle-même par elle-même s'y confondent : en chacune des heures les plus hautes de la femme, l'homme n'est jamais que le charpentier de Marie, à côté d'un dieu. On pourrait dire que, dans la mesure où l'amour viril est tellement opposé au sien, plus actif, plus partiel, plus grevé par le besoin d'être soulagé, il le rend, même au sein de cet amour, plus gauche que la femme qui, aimant plus totalement et plus passivement, cherche de corps et d'âme un espace en lequel s'accomplir, et tout le contenu d'une vie à amener jusqu'à sa floraison, jusqu'à son flamboiement, afin qu'il s'y consume. De même qu'il est caractéristique qu'il n'y ait pas de mot masculin qui corresponde à « prostituée », et qui s'applique à la seule utilisation sexuelle passive du corps d'autrui, il n'en est pas non plus qui désigne le type de la Madone, la positivité de la sanctification : l'homme ne peut être « un saint » que par négation de la sexualité, selon le modèle de l'ascète.

Ibid., p. 108-109.

Les femmes voudraient d'une part, à tout prix, par n'importe quel moyen, poursuivre leur effort de différenciation, et d'autre part rester des amantes insurpassables, voire le devenir de plus en plus, en vertu de leur noblesse de mère et de madone : ce qui n'est pas tout à fait logique. Mais on pourrait concevoir que la clarté de la connaissance leur donne, devant leur propre existence corporelle, une attitude un peu différente de celle d'autrefois. On peut s'imaginer une pudeur nouvelle, subtile, qui ne serait plus fixée avec autant de pruderies sur le don de soi physique que le voulait l'éducation traditionnelle, faisant de cette pudeur une seconde nature, mais qui bien plutôt s'entraînerait à une constante maîtrise d'elle-même, *parce que* la joie contenue dans le plaisir physiologique ne peut qu'ouvrir toute grande la porte à des intrusions dans l'âme : la porte du Soi le plus intime, qui refuse de se livrer, de ces dons d'homme à homme, les plus précieux qui soient et qui, une fois gaspillés, ne peuvent jamais être tout à fait recouvrés, car ils sont notre être même.

Ibid., p. 110-111.

Or, quel est, pour la femme, le point si fécond où elle s'ouvre pour se dépasser elle-même ? Une fois de plus dans le corporel et à partir de là seulement dans toutes les autres relations. C'est la maternité qui permet à la femme de vivre dans son milieu le plus féminin jusqu'au bout de telle sorte qu'en créant à partir d'elle un nouveau cercle de vie, elle semble s'approcher d'une action de nature masculine : engendrer, nourrir, protéger, guider. Depuis toujours elle suscite ainsi la jalousie de l'homme, comme si elle portait atteinte à quelque chose qui lui ressemble, et en même temps lui échappe de la façon la plus inaccessible dans le mystère du corps, de même que sa propre mère représentait pour lui l'inaccessible de la beauté. Certes, la femme devient ainsi, pour l'homme, davantage une image symbolique qu'un individu réel, la dernière image d'une appartenance, inexprimable par la conscience, par-delà toutes les différences humaines. Mais n'est-ce pas un élément, sans doute indélébile, de la conception du féminin, qu'il se situe juste au milieu entre la créature et ce qui dépasse la personne, ce qui laisse soupçonner qu'il ne reste pas problématique dans sa personnalité. Sans doute cette façon de voir se range-t-elle parmi les plus vieux lieux communs jamais émis à ce propos, mais c'est bien la caractéristique de ces derniers d'être toujours exacts. […] C'est au moment où le culte divin s'est transformé en culte humain, quand l'être intermédiaire chatoyant entre la prostituée et la madone s'est transformé en épouse digne, qu'elle est devenue offensable. Peut-être quelque chose en elle se souvenait-il du fait que dans des temps anciens la monogamie devait être expiée et payée comme une impudence personnelle avant de pouvoir devenir une institution matrimoniale (dont témoignent encore assez longtemps les prérogatives de la nuit de la défloration réservée au prêtre, représentant de Dieu, au roi, au propriétaire terrien, etc.). Avec la possibilité de l'esclavage des hommes par eux-mêmes a dû naître une rage d'égalité (l'« envie du pénis »), une compétition visant à obtenir des droits ; quoi que la femme choisisse, elle sait trop clairement que ses sources les plus anciennes et intimes se tarissent inévitablement ; elle franchit ainsi la barre de l'aridité et du tourment des conflits qui, dans l'ambition révolutionnaire et dans la culpabilité, l'aliènent d'elle-même ; bref, elle commence à tuer le père.

Que peut-on conclure de tout cela pour les liens entre les sexes ? Sans doute tout d'abord qu'il est important de ne pas croire perdue l'un par l'autre leur singularité – selon la méthode confirmée d'abrasion et de nivellement réciproques – mais de permettre à cette singularité de s'élargir et de s'approfondir dans la plus grande latitude possible jusqu'aux confins de la nature de l'autre, pour le comprendre intuitivement à partir de là. Au lieu de l'ordinaire et mauvais idéal matrimonial de l'exclusivité presque forcée, cela signifierait pour l'homme par exemple qu'il ne soit pas éloigné d'un contact vrai et audacieux avec ses semblables ; de même que les enfants reviennent immédiatement en partage de la femme, action sociale dont elle est investie et dans laquelle elle exerce les vertus « viriles » de guider, de protéger et de créer, de même l'activité de l'homme a besoin – au-delà du cercle familial qui va de soi – de créer avec et pour ses semblables ; et cela à un degré tel que l'activité et la capacité qui s'y exercent rejoignent le dévouement « féminin » dans la joie du sacrifice. Mais quant à la femme : si le mariage doit être pour elle davantage qu'un préjugé bourgeois ou un concubinage qui dure par hasard, elle doit aimer encore dans l'homme l'enfant du *père*, l'enfant de celui en qui elle continue de reposer comme dans le fond originaire de leur ultime communauté qui seule rend aussi vraiment frère et sœur et ne marie pas seulement. Ainsi certes il ne manquerait plus rien pour que l'« inceste » fût accompli de toute part ! Et c'est par là que les deux époux connaissent la consécration et l'attachement véritables dans le tiers.

L'Amour du narcissisme, p. 193-195.

Aux sources de l'art

« *Je ne suis pas une artiste[1].* » *Cet humble aveu, Lou n'a pu le faire qu'à l'être qui portait l'art dans son sang, et plaça l'art au cœur de l'amour : Rainer Maria Rilke. Un envoi de poèmes, quelques jours après leur rencontre à Munich en 1897, puis l'écho qui fait se répondre le texte de Rilke,* Christ, *et l'essai de Lou sur Dieu : l'art impose entre eux l'amour. Lou lit Rilke. Rilke lit Lou. Lou change René en Rainer. Rainer, fait homme, engendre en Lou la femme. L'amour ouvre à l'œuvre, l'œuvre intensifie l'amour et le transcende. L'empreinte de cette « mère-amante » comme inspiratrice, accompagnatrice et réceptrice, n'est plus à prouver, mais les sillons creusés par Rilke dans l'œuvre de Lou, essayiste, écrivain, analyste, ne sont pas moins profonds : « Quand j'y pense, je voudrais continuer à t'en parler et à m'en parler, toute la vie, comme si c'était seulement ainsi que l'on comprenait pour la première fois ce qu'est la poésie – non pas sur*

1. *Correspondance Rainer Maria Rilke et Lou Andreas-Salomé*, Paris, Gallimard, 1985, p. 91.

le plan du métier, mais sur celui du corps, et c'est là justement le "miracle" de la vie. Ce qui s'élevait en toi, sans que tu l'aies voulu, sous forme de prière, devait rester pour qui était à tes côtés une révélation inoubliable jusqu'à la fin de ses jours[1]. » Comment mieux exprimer la pérennité de l'ensemencement mutuel ? Sans cette présence fixe dans ses pensées, il est probable que Lou n'aurait pas pu pousser son investigation sur l'art aussi loin. Les tourments du poète entre « la chose vécue comme hymne et la mise en forme de l'hymne[2] » furent sa boussole. Le don qu'il lui fit des terribles angoisses qui le précipitaient aux lisières de la folie, ainsi que son désir incessant de transcendance, tentative d'anesthésie pour échapper à la douleur, allumèrent la lanterne pour la guider dans l'opacité créatrice. « Il y a dans tout processus artistique, quand on regarde au fond des choses, une part de danger, une part de rivalité avec la vie[3]. » L'héroïsme tragique de Nietzsche l'avait déjà mise sur la voie, une voie que Rilke élargit, et qui prépare à Freud : le premier article qu'elle signera dans Jahrbuch, *le journal créé par Freud, aura d'ailleurs pour thème le concept de sublimation. Au carrefour de l'enfance, de la névrose et de l'élévation, l'art apparaît pour elle comme une tentative de résoudre les conflits insolubles du réel. Démarche libératrice, mais qui dépend évidemment de l'état de « l'atelier » de l'artiste, autrement dit de son âme. Si l'angoisse est un bacille néces-*

---

1. *Ma vie, op. cit.*, p. 145.
2. *Ibid.*, p. 146.
3. *Ibid.*

saire du travail créateur, encore faut-il être capable de lui opposer des réserves de confiance et d'énergie vitale. Si la vie nourrit l'art, Lou ne peut concevoir que l'art ne se mette pas au service de la vie. Transgresseurs, railleurs, destructeurs, passez votre chemin ! L'artiste n'ayant pas de plus haute mission que de reformer le cercle de solidarité qui l'unit au monde, Lou assigne les grandes œuvres au grand complot de l'Unité primordiale. L'art, « réalisant le tour de force de fixer l'universel sur des formes visibles[1] », lui apparaît comme l'un des sentiers les plus secrets qui conduisent à célébrer par un alléluia ce que l'homme a de plus sacré...

Le tout jeune Rainer étonnait par la quantité de ce qu'il avait déjà écrit et publié – poèmes, récits, ainsi que la revue *Wegwarten*[2] dont il était l'éditeur –, mais l'impression dominante qui émanait de sa personne ne venait pas du grand poète plein d'avenir qu'il allait être plus tard, mais de sa façon particulière d'être *homme*. Et ceci bien que, dès ses débuts, pour ainsi dire dès sa plus tendre enfance, il eût pressenti la mission poétique comme sa vocation incontestable, et qu'il n'en eût jamais douté. Mais c'est justement parce qu'il brûlait de la certitude de son rêve qu'il ne surestimait nullement ce qu'il avait déjà réalisé ; cela l'incitait seulement à renouveler ses tentatives pour s'exprimer, tentatives au cours desquelles il était presque naturel pour lui que

1. *Lettre ouverte à Freud*, Paris, Seuil, « Points Essais » n° 187, 1987, p. 119.
2. « Chicorées sauvages ».

l'effort technique et la lutte avec les mots soient encore prisonniers de l'excès des sentiments – la « sentimentalité » devait pallier ce qu'il ne pouvait encore réaliser pleinement. Cette « tendance sentimentale » tranchait avec son caractère : elle s'inscrit toujours, pourrait-on dire, dans le cadre d'une carence technique. Car, au-delà de ces problèmes, elle provenait bien de cette immense certitude qu'il avait de pouvoir *se réaliser* comme poète. Bien que, par exemple, son ami Ernst von Wolzogen l'ait appelé une fois pour plaisanter, dans une lettre : « Pur Rainer, immaculé Maria », il n'y avait alors dans la nature intime de Rainer rien de cette attente à la fois féminine et enfantine, mais déjà une virilité qui lui était propre, une délicatesse aristocratique et quasi sacrée. Ceci n'était même pas en contradiction avec son attitude plutôt anxieuse face à ce qui l'influençait ou le menaçait, c'est-à-dire l'inconnu : il sentait que cela le concernait moins lui que ce dont il avait à tout moment la mission d'être le gardien, et dont il se savait le dépositaire. C'est pourquoi il n'y avait pas en lui de séparation entre l'esprit et les sens, mais une interpénétration des deux : l'homme parvenait encore à s'épanouir complètement et sans problème dans l'artiste, et l'artiste dans l'homme. Peu importait où l'émotion surgissait – elle était *une* ; elle ne savait encore pas du tout se diviser et ne se connaissait pas de doutes, d'hésitations ni d'oppositions en dehors de l'évolution encore mouvementée de sa maîtrise poétique. De ce fait, ce que l'on désigne par l'expression « grâce virile » était à l'époque très particulier à Rainer, simple dans toute sa tendresse et indestructible dans l'harmonie de ses manifestations ; il savait encore rire alors, et pouvait se sentir accueilli par la vie dans ses joies, sans perfidie ni malice.

Si, sachant cela, on pense au poète qu'il fut plus tard, ce poète déjà près du but et qui s'accomplit dans son art, on comprend alors parfaitement pourquoi cela devait lui coûter l'harmonie de sa personnalité. Car, sans aucun doute, il y a dans *tout* processus artistique, quand on regarde au fond des choses, une part de danger, une part de rivalité avec la vie : pour Rainer, ce danger était encore plus prévisible parce que sa nature le poussait à maîtriser poétiquement ce qui était presque inexprimable, et à donner un jour la parole à l'indicible, grâce à la puissance de son lyrisme. C'est pourquoi il était possible dans son cas que, plus tard, son épanouissement dans la vie d'une part, et celui de sa génialité artistique d'autre part ne se stimulent pas l'un l'autre, mais qu'ils se développent presque à l'encontre l'un de l'autre – donc que les exigences de l'art et d'une plénitude humaine à atteindre entrent en conflit, dans la mesure exacte où la réalisation de son art se déployait dans son œuvre dont la réalité était immense et exclusive. Un tournant tragique se préparait là de plus en plus irrémédiablement.

Ma vie, p. 114-116.

Cher Rainer, c'est seulement après le départ de ma lettre, voilà quelques jours, que j'ai commencé à vivre avec *le poème lui-même* ; dans les premiers moments, sa signification objective m'avait trop subjuguée pour cela. Maintenant, je ne cesse de me le relire, ou plutôt : redire.

Il y a là comme l'annonce de la conquête d'un royaume nouveau dont on ne voit absolument pas les frontières, cela va plus loin qu'on ne peut soi-même aller, sinon par le pressentiment ; on pressent des marches, des randonnées dont les chemins étaient restés jusqu'ici noyés dans la brume. Et un peu de jour, juste assez pour voir à un pas devant soi, équivaudrait, d'un poème à l'autre, à poser réellement, pour la première fois, le pied dans un domaine où (au contraire de ce qui se passe dans l'« art » seul) l'éclairage et l'action se confondent encore ; cette expérience ne peut devenir poème que dans la mesure où on l'a reconquise sur le vécu. C'est quelque part par là, dans les profondeurs, que tout art *commence* à nouveau, tel qu'à sa plus lointaine origine, quand il était formule magique, conjuration – injonction faite à la vie humaine de sortir de ses abîmes encore insondés –, oui, quand en lui prière et paroxysme de puissance ne faisaient qu'un.

Je ne me lasse pas de réfléchir à cela.

Correspondance Rainer Maria Rilke
et Lou Andreas-Salomé, p. 304.

Si le travail créateur n'était pas toujours accompagné de cette angoisse profonde, il imposerait probablement aux enfants des hommes une félicité trop absolue ; je me dis toujours, à propos de ces sensations et de quelques autres, qu'elles agiraient, sans cela, comme ces poisons concentrés qui entraînent une mort rapide ; elles ne peuvent produire de la vie qu'à condition d'être liées à des entraves intérieures ou à un autre être (entrave à elle seule bien suffisante !). De là que toute réussite de la vie comporte, élaborée, une telle plénitude, riche d'autant de vérités que d'erreurs, de victoires que d'échecs ; chaque fois aussi mystérieuse, puisqu'elle est de la vie. J'ai toujours été très frappée de lire qu'une alimentation dépourvue de bacilles (de germes) était mortelle pour la volaille, et qu'une eau trop pure fait mal à l'estomac.

Ibid., p. 134.

Car les mots, loin de bâtir comme des pierres de façon immédiate et effective, sont plutôt les signes de suggestions médiates et, en eux-mêmes, beaucoup plus pauvres, moins substantiels que la pierre. On peut dès lors imaginer l'art poussé plus loin dans cette direction, au-delà même de la musique, cet art sans paroles qui n'en produit pas pour autant une réalité moins stricte, en faisant retentir, immatériellement, les lois rythmiques du monde (tu es momentanément injuste envers elle, comme tu la surestimais naguère en lui prêtant une valeur métaphysique). On pourrait ainsi en arriver à pressentir un art dont l'aspect artisanal serait inhérent à la vie autant que, pour le sculpteur, la vie est ancrée dans le métier. On aurait alors les deux pôles entre lesquels nous oscillons tous, chacun devant trouver son dosage strictement individuel de vie-pour-l'art et d'art-pour-la-vie. Tout comme toi, je suis pénétrée de la conviction qu'il y faut une grande part d'isolement, beaucoup de solitude – je pourrais même préciser, en pensant à moi[1], que ce sont cette rigueur et cette modestie qui m'ont fait refuser la maternité. En

1. Bien que je ne sois pas une artiste.

effet, plus on considère la vie en artiste, plus la perfection des choses s'impose à notre nostalgie, au point que, devant chacune d'entre elles, on se dit qu'elle est digne de mobiliser la puissance créatrice de toute une existence. Mais chacun doit comprendre l'impossibilité de réaliser un isolement absolu ; et une fois que l'on a entraîné dans son destin des éléments de la vie, on ne *peut* plus s'en détourner : ils sont mêlés désormais à l'espace de notre être, nous sommes en eux et eux en nous. Pour peu que nous négligions de les élaborer, ils se révéleront plus mortels que tout pour la tranquillité de l'âme, ils empêcheront l'artiste de descendre comme un chercheur de trésors dans les mines riches et profondes de son être, ils le maintiendront à sa surface, dans l'oubli et le divertissement. Voilà pourquoi il ne lui reste rien d'autre à faire qu'à maintenir ici, en pleine vie – là où il s'est, bien ou mal, attesté comme homme – ce lieu sur lequel il va se pencher pour commencer son travail. C'est là un devoir non pas tant d'homme que, précisément, d'artiste : exactement comme Rodin a pu devoir se battre avec telle ou telle difficulté quand son matériau lui résistait. Si étrange que cela paraisse : pour le poète, la réussite technique, entendue comme la maîtrise des choses, dépend avant tout de l'état de son âme, autrement dit, de l'état de son atelier et de ses outils. S'il donne vraiment, loyalement sa vie à l'art – alors, pour l'amour de son art, il aura donné la vie à des œuvres nombreuses. Il aura travaillé, jour et nuit, pour que cessent d'errer en lui des fantômes agités et despotiques, pour que le silence s'y fasse, accueillant à la présence de ses *choses*. Peut-être alors n'aura-t-il créé rien d'autre que cette main dont tu dis en parlant de Rodin qu'« *il n'y a plus que splendeur autour d'elle* » : la seule façon pour elle, en effet, d'être comme si elle était tout.

Ibid., p. 90-91.

Une grande partie de son expérience originelle de l'unité reste visible chez l'enfant, alors même que l'environnant extérieur ne laisse plus de place à cette unité. Dans sa continuelle activité, s'appliquant à déployer les nouvelles aptitudes de sa pensée et de ses perceptions, il cherche à *mettre en œuvre* cette réalité dont il est encore tout naïvement imprégné. Voilà ce qui fait le sérieux presque solennel du *jeu enfantin*, la passion de jeu qui tient bon même face aux interruptions extérieures – quand par exemple l'enfant est appelé pour son déjeuner ou pour une autre raison. Et cette attitude se maintient à côté de la grande part d'imitation qui entre naturellement dans le jeu, car l'enfant doit s'évertuer à devenir semblable à son entourage. Peu à peu cette évolution déborde et réduit la part du *jeu* proprement dit jusqu'à donner à celui-ci, sans que les adultes y prennent garde, une signification exactement opposée : celle d'une pure simulation, d'un simple « comme si », contrastant avec l'attitude authentique de naguère, supplantée désormais par l'ironie.

Ces deux significations entrent encore en composition de manière captivante dans la psychologie des artistes et des poètes : ils créent l'art en restant pénétrés de sa « réalité », mais ils doivent le faire sous la forme d'une production consciente, de sorte qu'à leurs heures de stérilité ils ironisent pour ainsi dire sur eux-mêmes, ils en arrivent à douter de la « réalité » à créer ou à désespérer d'eux-mêmes, de ce pouvoir créateur qui seul donne « vérité » à cette réalité. (On songe ici au problème dont les tensions ont brisé Rainer : du fait que croire et créer ne se recoupent plus comme chez l'enfant, mais se soutiennent *et* se condamnent tout à la fois.)

Carnets intimes des dernières années, p. 182-183.

Il en va de la production et de l'analyse à peu près comme du suivi des fils de la main gauche et de la main droite dans un tissu ou de leur cours dans un motif donné. Simplement, l'analyse est beaucoup plus créatrice au niveau de la *vie*, dans la mesure où ce suivi […], elle le met au service de la vie […], d'un nouveau tressage des fils. L'art, en revanche, laisse le cas échéant le créateur vidé et épuisé (la création et l'épuisement, le fait d'être vidé de son pouvoir créateur, les deux mouvements sont liés d'une certaine façon comme une action et ses effets). Combien de fois ne l'ai-je pas éprouvé sur le cas de Rainer. Une puissance créatrice plus grande n'aurait rien changé, car l'œuvre est à elle-même sa propre récompense. On pourrait dire, en langage psychanalytique, que l'artiste n'a remédié à ses refoulements par une voie autre qu'en en prenant conscience dans la vie. C'est pourquoi ceux-ci ne cessent pas de le poursuivre aux heures où il ne crée pas. Ils ne s'effacent que dans les profondeurs primitives, sur le cas d'impressions primitives dont c'est à peine si son évolution individuelle perçoit quoi que ce soit. Mais cette réconciliation n'existe que dans *l'œuvre*, et c'est là seulement qu'elle est susceptible d'apporter une consolation à des tiers. Le refoulé touche, dans le refoulement originel, aux racines de notre être, et c'est de ce fonds premier, et non pas de ses multiples manifestations secondaires, que naît l'œuvre créatrice. Pour autant que l'on puisse descendre précisément dans les profondeurs intimes, on arrive donc à approcher la valeur créatrice *et* humaine de l'œuvre, en se penchant sur ses sédimentations : plus la couche qui la produit est profonde, plus l'œuvre est créatrice, la remontée conduisant jusqu'aux couches superficielles des rêves éveillés. Mais pour la *vie pratique* de l'artiste, ce sont bien souvent les couches « *moyennes* » qui sont susceptibles de lui être véritablement utiles, parce que ce qui y travaille intérieurement est aussi plus proche de la conscience. Vois-tu, c'est presque comme pour le rêve : on attrape rarement son dernier sens dans la séance analytique, dans la mesure où l'analyse des diverses « pensées latentes » est si importante. (Il m'arrive parfois de penser ceci : les *motifs* qui déterminent les rêves correspondent à l'argument de l'*œuvre* ou à son objet extérieur ; ce sont les pensées latentes, fruit de la plénitude personnelle et spirituelle qui, lorsqu'on les déchiffre, fournissent les plus riches informations sur l'être humain. Le sens ultime du désir y repose symboliquement et s'y exprime dans la *forme*. L'essentiel est donc la *forme*, et non pas le « fond » apparent (c'est-à-dire non pas *le côté* formel (technique), comme on le croit souvent, mais l'activité symbolique qui est l'essence même de l'art.)

À *l'ombre du père*, *correspondance*,
lettre à Anna Freud du 5 juillet 1924, p. 276-277.

Il se pourrait alors que l'artiste soit le dernier à sentir la vraie rencontre naïve des deux éléments, dans la mesure où son domaine est celui des sens : il voit tout ce qui accompagne le geste, etc. ; sa conduite obéit à des motifs esthétiques comme celle du petit paysan à des motifs religieux ; et Dieu se manifeste à tous deux. De l'artiste au petit paysan le chemin est plus court que de l'artiste aux classes cultivées : car l'artiste reforme le cercle de solidarité qui l'unit au monde à l'entour, au lieu d'appréhender les choses comme de pures formes dont son âme constituerait le fond nécessaire. Ce que l'on a souvent appelé le paganisme de l'art est au contraire l'élément vrai de la religion auquel nous n'avons plus accès sinon dans la piété de l'enfance et le ravissement de la contemplation : il tient dans la certitude que l'extérieur et l'intérieur ne sont qu'une même chose et que la foi n'a pas d'autre base. Nous trouvons beau un objet et croyons à sa beauté parce que nous lui donnons toute notre âme – de la même façon, nous croyons à l'existence de Dieu dans la vie dans la seule mesure où nous donnons toute notre âme à la vie. Nous avons humblement foi dans la beauté comme en Dieu et croyons en être comblés, lors même que nous en sommes les artisans : mais seulement parce que tous deux nous ont créés ainsi.

En Russie avec Rilke, p. 48-49.

Une rebelle au royaume de l'inconscient

Dans Ma vie, *Lou revient sur les deux raisons qui l'ont poussée spontanément vers la psychanalyse : « J'ai pu d'une part me rendre compte que chaque individu a un destin psychologique unique et extraordinaire, et d'autre part, j'ai grandi au sein d'un peuple (le peuple russe) qui livre spontanément sa vie intérieure[1]. » Sa rencontre avec Freud, au cours du troisième congrès de Weimar du mois de septembre 1911, tient donc de l'évidence. Il est vrai que certaines idées développées dans ses essais antérieurs augurent de façon troublante les intuitions freudiennes : sur le déterminisme des premières années, la bisexualité, l'importance des rêves, le fantasme fusionnel du narcissisme, Lou avait déjà posé à sa manière ses propres jalons. Il s'agit donc moins d'une découverte que d'une confirmation. Son engagement n'admet aucune réserve. En avril 1912, Freud confie à Karl Abraham n'avoir rencontré personne qui ait de la psychanalyse « une intelligence aussi profonde et subtile ».*

1. p. 153.

Et quel enthousiasme ! « Même quand il est question des pires horreurs, vous avez un regard comme si c'était Noël[1] ! », s'exclame-t-il, médusé par cette « compreneuse » d'autant plus « redoutable » à ses yeux qu'elle appartient au mystérieux « continent noir », et se montre rebelle à toute doctrine, au point d'oser également suivre les séances d'Alfred Adler, dissident déclaré ! En 1912, Freud lui demande de rédiger une étude sur la femme. Un an plus tard, Lou délaisse ses activités littéraires et critiques pour se consacrer entièrement à ses premières consultations d'analyste. « Le travail psychanalytique me comble tant que, même si j'étais millionnaire, je ne l'abandonnerais pas[2] », écrit-elle à Rilke. Au mois d'août 1913, le poète l'accompagne au Ve congrès de psychanalyse de Munich. Freud lui inspire une admiration sans réserve mais, tout intéressé soit-il par l'odyssée de l'inconscient, Rilke reste réfractaire au « nettoyage » radical opéré par une thérapie dont les bénéfices profitent, selon lui, à l'ordre social plutôt qu'au désordre fécond de l'art. Les tentatives de Lou pour le conduire vers le divan resteront vaines. En juin 1922, la Société viennoise de psychanalyse intronise parmi ses membres une freudienne désireuse de creuser son sillon dans une allégeance élective. Au sujet de la pulsion de mort, par exemple, en laquelle cette championne de l'Unité originelle veut voir, contre Freud, une pulsion de vie qui n'aurait pas

1. *Ibid.*, p. 169.
2. Lou Andreas-Salomé, Rainer Maria Rilke, *Correspondance*, *op. cit.*, p 404.

trouvé son issue. La Lettre ouverte à Freud, *publiée à l'occasion des soixante-quinze ans du maître, réaffirme en termes piquants la volonté d'indépendance :* « Rien ne me plaît davantage, quant à moi, que vous me teniez en laisse pour me guider – pourvu que cette laisse ait une bonne longueur[1]. » *L'auteur du* Narcissisme comme double direction, *chantre inspiré de la synthèse, ne fera pas école. Mais l'étoile de Lou éclaire toujours le ciel de la psychanalyse d'un revigorant souci de dire* « je » *en toute candeur, en toute liberté.*

Un des premiers soirs où le groupe de travail se réunit (il y avait seulement un an qu'une femme avait été admise à en faire partie), Freud dit en guise d'introduction que nous devions parler sans aucune retenue ni pudeur des sujets à l'étude, aussi choquants fussent-ils à de multiples égards. Avec la délicatesse de cœur dont il pouvait faire preuve parfois, il ajouta en plaisantant : « Comme toujours, nous allons avoir de dures journées de travail – avec cette différence que nous avons maintenant un rayon de soleil parmi nous. » Ce mot de « rayon de soleil » m'a semblé par la suite s'appliquer parfaitement à lui et à son approche des choses qui était si riche en perspectives diverses : même si dans le détail elles étaient choquantes ou effrayantes, il y eut toujours pour moi un « rayon de soleil » derrière l'agitation des jours de travail. Dans ses moments de dégoût, Freud se montrait étonné de mon intérêt croissant pour

1. Traduit de l'allemand par Dominique Miermont, Paris, Seuil, « Points Essais » n° 187, 1987, p. 75.

la psychanalyse : « Je ne fais pourtant rien d'autre qu'enseigner à laver le linge sale des gens. »

Certes on savait avant lui ce qu'était de repasser et d'aplatir mécaniquement le linge avant de le ranger dans les armoires. Mais ce qu'on pouvait tirer du linge le plus usagé, que ce fût le nôtre ou pas, ce n'était plus une pièce isolée, mais quelque chose qui perdait tout caractère et toute valeur de fragment parce que c'était transformé par l'expérience.

Même quand des choses extrêmement choquantes et repoussantes étaient mises à nu, le regard ne s'y attardait pas pour cette raison. C'est l'idée qu'exprima Freud un jour que nous abordions cette question, mais il nota d'un air incrédule et étonné – et cette fois il ne se moquait pas de moi : « Même quand il est question des pires horreurs, vous avez un regard comme si c'était Noël. »

De notre dernière rencontre en 1928, le souvenir le plus vif et le plus haut en couleur que je garde, ce sont les grandes plates-bandes couvertes de pensées près du château de Tegel ; on les replantait l'été, et elles attendaient patiemment l'année suivante en fleurissant parmi les arbres qui se dépouillaient de leurs feuilles en cette fin d'automne. C'était un véritable repos que de contempler ces fleurs magnifiques, attendant le prochain été, avec leurs nuances de pourpre, de bleu et de jaune infiniment variées. Freud m'en cueillit lui-même un bouquet avant l'une de nos promenades presque quotidiennes à Berlin, dont je voulais profiter pour rendre visite à Hélène Klingenberg.

Malgré les difficultés croissantes qu'avait Freud à parler et à entendre, nous eûmes encore tous deux, avant ses longues années de souffrance, quelques conversations inoubliables. À cette occasion nous reparlâmes parfois de l'année 1912, celle de mes études psychanalytiques : je devais toujours laisser à mon hôtel l'adresse où je me trouvais pour pouvoir, de n'importe quel endroit, joindre Freud au plus vite s'il avait du temps libre. Un jour, il avait reçu peu avant ma visite *L'Hymne à la vie* de Nietzsche : c'était ma *Prière à la vie* écrite à Zurich et que Nietzsche avait mise en musique en la modifiant quelque peu. Cela n'était guère du goût de Freud. Lui qui s'exprimait avec tant de sobriété, il ne pouvait approuver l'enthousiasme outrancier dont on use et abuse quand on est tout jeune et sans expérience aucune. D'humeur enjouée, gai et cordial, il me lut à haute voix les derniers vers :

> « Penser, vivre durant des millénaires
> Plonges-y tout ce que tu as !
> Si tu n'as plus de bonheur à me donner,
> Eh bien – il te reste tes tourments… »

Il referma le livre et en frappa l'accoudoir de son fauteuil : « Non, vous savez ! Je ne suis pas d'accord ! Un bon rhume de cerveau chronique suffirait amplement à me guérir de tels désirs ! »

Au cours de cet automne à Tegel, j'en vins à lui demander s'il se souvenait de la conversation que nous avions eue plusieurs années auparavant. Il s'en souvenait en effet, ainsi que de nos autres conversations. Je ne sais plus au juste pourquoi je lui avais posé la question : j'étais bouleversée, car je savais que depuis longtemps il traversait des années terribles, pénibles et douloureuses – et pendant ces années, tous ceux qui l'entouraient, tous sans exception, se demandaient jusqu'où pouvait aller la résistance humaine. Alors, il se passa quelque chose que je ne compris pas moi-même et que je fus impuissante à empêcher ; révoltée à l'idée de son sort et de son martyre, je lui dis, les lèvres tremblantes :

« Ce que j'ai balbutié dans le feu de l'enthousiasme, vous l'avez éprouvé ! »

Et, « effrayée » de la franchise avec laquelle j'avais fait allusion à son propre destin, je me mis à sangloter éperdument sans pouvoir m'arrêter.

Freud ne répondit pas. Je sentis seulement son bras autour de mes épaules.

Ma vie, p. 168-171.

La psychanalyse n'a rien créé – au sens d'inventer quelque chose qui n'existait pas –, elle n'a fait qu'exhumer, découvrir, dévoiler, jusqu'au moment où – comme une eau souterraine que l'on entend à nouveau couler, comme le sang comprimé que l'on sent à nouveau pulser – la totalité vivante peut se manifester à nos yeux. La psychanalyse n'est rien d'autre qu'une mise à nu, opération que l'homme encore malade évite parce qu'elle lui arrache son masque, mais que l'homme guéri accueille comme une libération ; quand bien même, revenu à la réalité extérieure, laquelle entre-temps est demeurée inchangée, il se trouve assailli de difficultés : car,

74

pour la première fois, c'est la réalité qui vient rejoindre la réalité, et non un spectre un autre spectre.

Lettre ouverte à Freud, p. 38.

C'est ce terme de « sexualité infantile » qui a fait pousser le plus de clameurs à ses adversaires : depuis, tout le monde a lancé une croisade en faveur de la bonne renommée de l'enfant, et de nos jours encore on livre pour elle des batailles sur tous les fronts possibles. Ce qui n'empêche pas que l'enfant, ce pauvre petit ange d'innocence, si méchamment diffamé, a été le premier à nous livrer un savoir de quelque profondeur psychologique quant à l'essence de la sexualité arriérée et, de ce fait même, morbidement bloquée, ou qui se traduit en explosions asociales. C'est par lui qu'ont été mises à jour les connexions qui relient les stades précoces aux stades morbides – qu'en quelque sorte la sexualité infantile a été surprise en flagrant délit, en compagnie du malade, de l'aliéné, du criminel. Or, au lieu de se signer pieusement devant cette découverte comme s'il s'agissait d'une plaisanterie satanique, on eût bien mieux fait de se réjouir de ce qu'au moins un pied de terre, dans notre vieille patrie à tous, l'enfance, eût été reconquis pour les plus infortunés des hommes. Au lieu d'y voir un blasphème contre l'enfant, on pourrait aussi trouver dans cette vue un peu de cette force rédemptrice par laquelle, à la dernière minute, le Paradis s'est ouvert au larron crucifié. Car assurément cela demeure l'une des plus admirables conquêtes de la psychanalyse que de nous faire sentir à quelles profondeurs jamais encore sondées se sépare et se conjoint ce qui devient ensuite, pour notre jugement conscient d'hommes, la plus « haute » ou la plus « basse », la plus féconde ou la plus ravageuse des décharges d'énergies. Seulement, arrivé à ce point, il ne faut pas qu'on laisse la bride sur le cou à l'imagination en un sens opposé, ni qu'on enrobe de gentillesse ce que les décharges psychiques ont de sombre en invoquant ce point de contact avec l'infantilité, en faisant d'elles des manifestations inoffensives auxquelles nous ne recourons que comme à un jouet de notre ancienne nursery en lequel tout était apparence – de même qu'aujourd'hui encore on déforme la sexualité infantile pour en faire un gentil petit passe-temps. Car Freud ne s'arrête pas plus devant l'enfant comme s'il y avait là une insurmontable muraille.

Éros, p. 135.

Depuis longtemps, je voulais vous écrire pour vous parler, ne serait-ce qu'allusivement, des points sur lesquels j'ai changé d'avis depuis ma première lettre de l'été dernier. Vous souvenez-vous de ce que je disais alors ? Les divergences théoriques qu'il y avait entre Freud et moi (elles me semblaient plus importantes qu'elles ne l'étaient) ne m'empêchaient pas de le suivre très loin sans en être gênée. À présent, il me semble que c'est le cas sur tous les points ; car j'ai l'impression que toutes les controverses théoriques autour de Freud sont à plus d'un titre un malentendu qu'on ne pourra jamais régler en faisant s'affronter différentes théories. Il est certain que j'ai toujours été intéressée par ces choses, et, à l'origine, c'est le problème de leur articulation avec la philosophie qui leur a donné de l'importance à mes yeux. Mais la plus belle chose que Freud m'a apprise, c'est cette joie sans cesse renouvelée et approfondie que procurent ses découvertes, joie qui vous accompagne de plus en plus loin et vous fait prendre de nouveaux départs. En effet, il ne s'agit jamais dans son cas de rassembler et de dénicher des détails matériels auxquels seule une discussion purement philosophique conférerait un sens ; ce qu'il a déterré, ce n'étaient pas de vieilles pierres ou de vieux outils ; c'est nous-mêmes qui sommes présents dans tout cela, et c'est pourquoi la compréhension immédiate que cela nous permet n'est pas moins importante sur le plan philosophique que les expériences permettant à l'enfant de dire « je » pour la première fois. Si on appliquait une formule générale aux découvertes de Freud, si on en faisait une synthèse abstraite, un peu différente de celle d'autrefois, cela n'apporterait aucun véritable progrès ni aucun changement essentiel. Ce serait à peu près comme si en étudiant l'altruisme, on s'accordait à dire avec raison que l'altruisme n'est au fond que de l'égoïsme – mais il est sûr que pour approfondir la question, il faudrait faire des subdivisions, distinguer différentes parties, pour que, quand on lance son filet dans les profondeurs de l'âme humaine, on puisse ramener, malgré cette assimilation forcément trop lâche sur le plan pratique, des éléments permettant de nouvelles découvertes à son sujet.

Carnets intimes des dernières années, lettre à Alfred Adler du 12 août 1913, p. 210-211.

La psychanalyse – n'est-ce pas cela précisément son aspect le plus précieux ? – arrive seule jusque-là : jusque dans la détresse et l'importance d'un chacun. Là où autrefois s'étendait seul l'expédient hallucinatoire de la religion ou de la mystique. Certes, le créateur de la psychanalyse n'a vraiment pas pensé à une rivalité ! Ce qu'il a créé, c'est le résultat sans préalable de l'extrême courage de son génie, de sa probité ; c'est ce haut fait que nous célébrons aujourd'hui. Nous commémorons par là le réalisme incorruptible d'une attitude qui n'a esquivé aucun combat. Et nous souhaitons encore le combat, pour lui et pour nous, à l'avenir : combat contre les adversaires et les résistances, mais aussi contre tout contradicteur en nous-mêmes, pour qu'il n'use pas de quelque réserve particulière ! Mais il est dans la nature de la psychanalyse d'avoir besoin de deux choses ; d'une intuition (*Einfühlung*) profonde et intime et de l'application la plus froide de l'intelligence – rendant par là justice en quelque sorte aux deux sexes dans l'être humain. Peut-être ainsi le facteur positif dans le résultat humain est-il plus marqué pour moi, en tant que femme, et me rend particulièrement reconnaissante (par-delà ce qu'il a de purement thérapeutique). Que le combat soit le mot de ralliement ; le combat toujours – mais il est encore plus passionnant de s'absorber dans ce qu'il a conquis d'homme à homme. Et ainsi notre comportement à cet égard se partage tout à fait spontanément selon les sexes. Car les hommes se bagarrent, les femmes rendent grâce.

L'Amour du narcissisme, p. 184-185.

Un chemin d'élévation

Les années 1920 ouvrent pour Lou une période d'intense activité intellectuelle et sociale. Rédaction d'articles, consultations, conférences : la psychanalyse a réensemencé le champ des possibles. Le cercle des amitiés s'est élargi. En novembre 1921, Lou rencontre la fille cadette de Freud. À vingt-six ans, Anna Freud n'a pas encore conquis son indépendance affective. Conscient d'être la cause principale de cette « inhibition », Freud confie donc cette nouvelle Antigone aux lumières de sa disciple la plus libre. À soixante ans, la grande vivante a déposé la clinquante panoplie des conquêtes. L'« égoïsme animal », salué par Nietzsche lui-même, s'est retiré d'un cœur qui s'ouvre en mûrissant. L'attention aux autres, la douceur, la bienveillance : inattendus dons de l'âge. « Je voudrais maintenant formuler un souhait pour toi : je te souhaite donc que quand tu auras atteint plus du double de l'âge que tu as actuellement, tu restes aussi bien disposée à l'égard de la vie que je le suis. Et de cela on est redevable à la psychanalyse, car on devient toujours plus avisé, quand on sert la psychanalyse. Et comme l'intelligence plonge toujours plus profondément ses racines dans l'intériorité de l'être humain, même l'âge finit par devenir une expérience incroyablement belle à vivre. On devient plus léger, je pense, et on finit ainsi tout simplement par s'envoler[1] », écrit-elle à Anna Freud en décembre 1926. Six jours plus tard, Rilke s'éteint en Suisse, au sanatorium de Valmont, sans avoir eu la joie de revoir celle qu'il appelait toujours « ma chérie », alors qu'elle l'écoutait désormais en analyste plus volontiers qu'en amie. Lou en éprouve-t-elle du repentir ? On sait seulement que cette disparition prépare un nouveau rapport au monde dont elle révèle à Freud l'étrange alchimie : « Du moment où Rainer fut déchargé des diverses péripéties de son existence, il devint pour moi un personnage précis, dans une présence intérieure de tous les instants, la totalité de sa nature la plus intime surgit de ses lettres, de ses souvenirs, d'une espèce d'"union" encore jamais vécue. [...] Maintenant, c'est presque comme si Rainer était là, sous mes arbres, vivant leur automne ou leur été, leur hiver ou leur printemps[2]. » Le champ des affections n'en finit pas de se clairsemer : en 1928, Lou perd Robert, le dernier de ses frères ; en 1930, Carl Andreas part « sans souffrances », dit-elle, à l'âge de quatre-vingt-quatre ans ; un an plus tard, son cher neveu Vassia disparaît brutalement. Deuils accueillis comme autant d'invitations

---

1. *À l'ombre du père, Correspondance, op. cit.*, p. 442.
2. *Correspondance avec Sigmund Freud*, suivi de *Journal d'une année* (1912-1913), *op. cit.*, p 208.

au dépouillement. C'est à ce prix, explique-t-elle à Anna Freud que « la vieillesse présente une face digne d'être vécue, comme ne peut guère en produire la jeunesse[1] ». Depuis son grand voyage en Russie avec Rilke, au contact de cette immense nature porteuse d'un langage dont le sacré n'était jamais absent, et d'un être plus jeune qu'elle, la maturité lui était alors apparue comme une « ouverture insoupçonnée sur une magnificence neuve et bouleversante[2] ». Pour qui s'y engage avec confiance, les renoncements voulus par l'âge deviennent chemin d'élévation. Enténébrées par la montée du nazisme autant que par les premières atteintes du corps, les années 1930 sont celles du grand retour sur soi. Quand elle ne travaille pas à ses mémoires, Lou consacre ses forces chancelantes à maintenir ses liens épistolaires avec le monde. L'opération d'un cancer du sein durant l'automne 1935 marque un pas de plus vers le lâcher prise. Malgré une cécité qui l'affecte, « l'alliée de la vie » confie à ses carnets l'étrange exubérance d'approcher le seuil du grand Tout. Les petits fascicules reliés de fils de laine de couleurs vives s'ouvrent parfois sur un exergue. « Que ceci soit mon cahier d'arbre de liesse », lit-on en première page du cahier 1936. Quelques mois plus tard, le soir du 5 février 1937, Lou passe d'un monde à l'autre.

Il n'est rien de plus beau que de vivre le vieillissement dans sa propre chair comme un renouvellement.

1. *À l'ombre du père*, *Correspondance*, op. cit., p. 583.
2. *En Russie avec Rilke*, op. cit., p. 112.

Pour prendre une image, il n'équivaut pas à la fermeture d'une porte devant soi, mais au contraire à son ouverture insoupçonnée sur une munificence neuve et bouleversante. Ce sentiment nouveau est abandon serein des affects purement subjectifs, des vœux qui ne tendent qu'au dépassement de soi-même : ils se trouvent déposés aux pieds *de ce qui est*[1], aux pieds du Dieu que l'on voulait servir avec tout ce bagage. Viennent alors un regard et une compréhension, un apaisement, un adoucissement, une entrée en résonance qui ne sauraient plus s'exprimer que par la voie de la création artistique – et enfin, avec l'âge, un suave amuïssement dans le Grand Tout. De même que Gillot m'avait arrachée au monde de mes pères pour me jeter dans le monde que m'ouvraient mes propres possibilités et mon développement personnel, de même je me dépouille de cet égocentrisme pour retrouver mes origines et m'abandonner à ce qui, *indépendamment de moi*[2], a mûri au fil de la vie.

En Russie avec Rilke, p. 112.

J'ai toujours eu le sentiment que les définitions usuelles que l'on donne de la grandeur ne prennent pas suffisamment en compte l'élargissement de nos frontières intimes. La définition la plus fruste ne considérait jadis que les résultats visibles. Elle fut relayée par la morale bourgeoise, qui mit l'accent principal sur le

1. Expression soulignée après coup au crayon.
2. Expression soulignée après coup au crayon.

mobile, même en cas d'action couronnée de succès, et intériorisa ainsi le concept de grandeur humaine. Il ne faut pourtant pas en rester au mobile, car il est profondément lié à la chose même comme le succès, et cette considération est méconnue par la morale bourgeoise pour la seule raison que les intérêts de l'État ne supportent qu'une grandeur précise et limitée. Quelqu'un n'est pas grand parce qu'il fait ceci ou cela ; il ne l'est pas davantage parce que son action procède de tel ou tel mobile. Il n'est grand que dans la mesure précise où il se crée l'espace intérieur nécessaire à une multiplicité d'actions et de sentiments. La grandeur est une question de dimensions. Les hommes diffèrent les uns des autres par leurs dimensions, bien au-delà de ce qu'ils soupçonnent. L'homme le plus grand serait celui dont l'espace intérieur serait assez vaste pour tout accueillir : il posséderait l'estomac bienheureux qui digérerait tout, la force de s'assimiler toute chose, sans déchirure ni déformation, avec une santé et une beauté parfaites. Il est faux, il est artificiel de distinguer encore une beauté morale, car la beauté de l'âme, comme celle du corps, n'est rien d'autre que son harmonie immanente – d'un mot tout y est à sa place, rien n'est déplacé. De même que le dernier grain de poussière ne représente rien de sale en soi mais – grumeau, petite plume ou petite goutte –, placé au bon endroit, ajoute une dernière touche heureuse, de même la grande âme change tout ce qui tombe en elle en élément de vie féconde. Et, si elle devait être plus que grande, absolue, elle aurait un devoir d'égoïsme absolu : car elle contiendrait tout. Comme on se trompe le plus souvent, dès lors, à lier la grandeur des partis pris nobles mais exclusifs. On parlera de grandeur non pas dans le registre de la miniature, où il faut économiser l'espace, mais là où l'opposition, la contradiction, la plaisanterie, le jeu, la détente, la légèreté et bien d'autres choses dangereuses encore auront le champ libre. Seuls sont dangereux les éléments qui trouvent difficilement et rarement leur place et, dépités de ce que personne ne leur permette de devenir à leur tour facteurs de beauté, se vengent en provoquant une explosion dévastatrice. Il manque à tous les idéaux cette plénitude de vie, cette contradiction interne ; ce ne sont que des partis pris exclusifs, des abstractions tirées de la vie (« une nourriture stérile »)[1].

Ibid., p. 154-155.

Nous sommes tous, finalement, dans la même insécurité au regard de la vie : sais-tu, il y a des moments, des occasions tout à fait inattendues et déplacées, où l'on prend conscience une fois pour toutes de cette évidence absolue autour de laquelle toute la vie s'ordonne. Deux éléments nous y rappellent, me semble-t-il : notre condition mortelle d'abord (par exemple, pour une mère, avoir mis au monde un être mortel), ce qui fait que toute existence, la nôtre comme celle de chaque personne que nous aimons, est dès la naissance marquée du sceau d'une indicible mélancolie ; le temps fondamentalement n'y

1. Cette dernière phrase et la parenthèse qui la suit sont ajoutées dans la marge et datées de 1903.

change rien, pas plus que la possibilité de vivre cent ans. Le second élément, ce sont les limites inhérentes à l'individu : quand bien même la plénitude originelle s'offrirait d'elle-même, on n'aurait que deux mains pour la saisir, et, en aurait-on davantage, quelle part ne laisserait-on pas filer entre les doigts. Quelle que soit la part qui nous échappe, il est de toute façon sûr *que*, au regard des possibilités infinies, l'essentiel *doit* nous échapper. Le constat donne alors pleine force et envie de tirer tout le parti possible de cet excès et d'en jouir : la graine qui a pris racine en nous doit prospérer, et rien – aucune convention, ni aucune considération ! – ne doit nous empêcher d'en protéger la fécondité dans l'obscurité de notre propre terreau. La conjonction des deux éléments fait la mélancolie *et* la jubilation de la vie humaine : savourer *chaque* minute comme une éternité, et, d'un autre côté, faire preuve de la discipline et de la réserve qui savent que même la mesure temporelle la plus ample est infime, qu'elle n'est pas éternelle. Bref, être mortel est une invitation explicite à vivre en plénitude.

À l'ombre du père, Correspondance,
lettre à Anna Freud du 9 mai 1923, p. 157.

Quand quelqu'un quitte la vie, qui pour nous y avait profondément sa place, tout alors se sépare en deux camps : les vivants et les morts. Pas seulement au sens de la perte – la mort appartient aussi dès lors, d'une manière particulière, à la vie. Et pas *seulement* comme une coloration plus noire de celle-ci, mais plutôt comme si on en savait davantage, comme si on *vivait* davantage ce qui vaut véritablement d'être vécu, comme si on était *aussi un peu là* où quelqu'un s'en est allé. D'une certaine façon, les carcans sautent (car nous appartenons à tant de choses que nous ne pouvons pas toujours enregistrer de façon consciente, nous écartons en pensée ce qui rôde en nous). J'ai vécu une fois cette épreuve (je ne souhaite pas dire avec qui), et ai éprouvé ce sentiment : c'était une façon plus positive d'atténuer la tristesse que d'attendre que le temps et l'expérience quotidienne de la perte fassent leur œuvre. J'imagine que *qui devient très vieux*, et survit donc à beaucoup de gens, n'a presque plus besoin de mourir.

Ibid., lettre à Anna Freud du 23 juin 1923, p. 170.

La vie humaine – que dis-je, la Vie ! – est œuvre poétique. Sans en être conscients nous-mêmes, nous La vivons jour après jour, par fragments, mais c'est Elle, dans son intangible totalité, qui tisse notre vie, en compose le poème. Nous sommes loin, bien loin de la vieille phraséologie « faire de sa vie une œuvre d'art » (de cette contemplation de soi dont le plus sûr moyen, en fait le seul, de guérir est la psychanalyse) ; non, cette œuvre d'art qu'est notre vie, nous n'en sommes pas l'auteur.

Lettre ouverte à Freud, p. 34-35.

Ce que nous appelons notre âge le plus mûr devrait nous permettre de mesurer jusqu'à quel point l'individu peut venir à bout, dans les limites humaines, de tous ses conflits avec ses propres imperfections. Voilà bien longtemps qu'il les combat, et il s'est adapté du mieux qu'il a pu à ses conditions d'existence. Il a déjà plus ou moins fait le tour de tous les succès et de toutes les expériences qu'il peut rassembler. Mais dans deux directions, il se sent plus acculé que la jeunesse qui, toute préoccupée qu'elle est de lutter avec elle-même, a cependant toujours « la vie devant elle » : pour lui, au contraire, l'avenir se rétrécit, le nombre des virtualités se restreint, – et dans l'autre direction, vers le passé, des pertes irrémédiables s'accumulent dans son dos. Voilà ce qui donne une tristesse grandissante à notre âge le plus mûr qui n'a plus qu'à attendre le moment où tout avenir sera englouti par un courant inéluctable.

Mais tout ce que nous vivons n'est, chaque fois, que le germe de ce qui mûrira en nous, quand l'urgence de la vie ne nous forcera plus à n'y voir que des événements extérieurs. Ce vécu, et tout ce qui vient après lui, nous ne vivons pour ainsi dire qu'*à sa rencontre* ; nous lui laissons le temps d'éclore en nous. Plus il nous a touchés profondément, plus il comptera. [...]

N'ai-je pas toujours eu l'idée fixe que la vieillesse m'apporterait beaucoup ? Dans mes jeunes années, j'ai noté quelque part : « D'abord nous vivons notre jeunesse, ensuite notre jeunesse vit en nous. » J'aurais aujourd'hui encore bien du mal à expliquer mieux qu'autrefois ce que je voulais dire. Mais j'avais véritablement peur de ne pas atteindre l'âge de vivre cette expérience ; je le savais profondément, *une longue vie avec toutes ses peines vaut d'être vécue* ; même avec l'inéluctable déchéance physique qui l'accompagne. Bien sûr, la valeur de la vie peut nous rester cachée par des dommages subis dans notre chair, dans notre esprit, ou ailleurs, de même que la jeunesse la plus entreprenante peut se voir entravée dans son bonheur et dans sa réussite par un fatal concours de circonstances ; mais par-delà des déboires, la vieillesse acquiert bien plus que la fameuse aptitude à la sérénité et à la lucidité : elle permet l'aboutissement de la durée à une plénitude plus achevée.

Songeons à des crêtes d'écume sur les eaux : de ce qu'elles perdent en épaisseur, on peut aussi dire qu'elles le gagnent en teneur d'eau. Leur liquéfaction, si l'on transpose cette image dans le psychisme, constitue sans doute une expérience largement positive, qui jette son reflet jusque dans notre petite psychologie individuelle.

Pourquoi craindre de le décrire comme on le ressent ? C'est la face cachée de l'écoulement, de la fugacité sans jalon ni maîtrise du futur : un *être-présent* grandissant.

Voilà ce que mon idée fixe de la vieillesse comme *notre* « petite fixité » m'inciterait à développer plus longuement.

Elle s'avère un phénomène hautement positif, même dans le petit monde des crêtes d'écume : elle donne jusqu'au dernier moment un sens, même à l'écume en dissolution qui retrouve enfin sa juste place : une goutte sans importance dans l'océan.

Carnets intimes des dernières années, p. 78-81.

Bibliographie succincte

Lou Andreas-Salomé, *Correspondance avec Sigmund Freud*, suivi de *Journal d'une année* (1912-1913), Paris, Gallimard, 1970.

— *Friedrich Nietzsche à travers ses œuvres*, traduit de l'allemand par Jacques Benoist-Méchin, rev. Olivier Mannoni, Paris, Grasset, 1992.

— Lou Andreas-Salomé, *Six romans,* traduit, annoté et préfacé par Pascale Hummel, Paris, Philologicum, 2009.

Stéphane Michaud, *Lou Andreas-Salomé, L'alliée de la vie*, Paris, Seuil, 2000.

Dorian Astor, *Lou Andreas-Salomé*, Paris, Gallimard, « Folio Biographies », 2008.

Table des matières

RÉALISATION : NORD-COMPO À VILLENEUVE-D'ASCQ
NORMANDIE ROTO IMPRESSION S.A.S. À LONRAI
DÉPÔT LÉGAL : OCTOBRE 2010. N° 100194 (103294)
IMPRIMÉ EN FRANCE